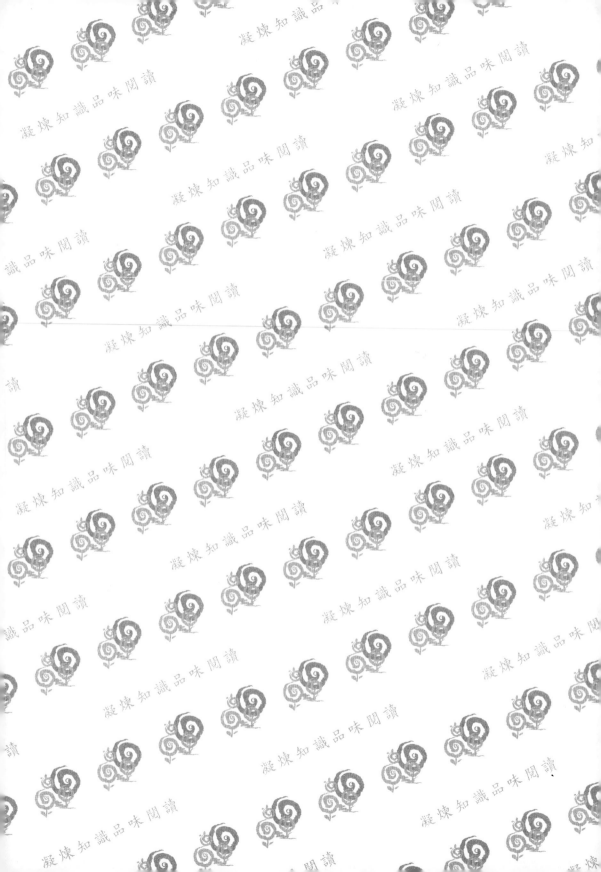

朱嘉雯 著

朱嘉雯經典小說思辨課 2

浪漫文學：紅樓夢與四大崑劇

五南圖書出版公司 印行

序——看戲的人

朱嘉雯

《紅樓夢》作爲清代白話體章回小說，它與諸多古典戲曲的關係卻至爲密切。小說家藉由書中人物看戲等場景埋下伏筆，藉以暗示讀者未來情節線索的走向，以及人物角色的命運安排。同時透過主角們點戲與看戲等諸多活動，也讓我們更加掌握了清朝初年大眾通俗文化與民間戲曲藝術的脈動。尤有甚者，我們還可以從更細膩的角度來觀察小說中每一位看戲的人，他們臉上的表情背後所凸現的心理狀態與生命故事，那將是另一個紅學課題的開展，對於小說家的特殊筆觸，也可以因此產生更獨到的心領神會。

例如：小說第二十九回，賈母帶著眾女眷到清虛觀打醮，這是因爲前一天貴妃差了夏太監送來一百二十兩銀子，希望家人在清虛觀從初一到初三連續打三天的平安醮，並且唱戲獻供，還叫珍大爺領著眾位爺們跪香拜佛。賈家一族內有老祖宗，外有元妃娘娘，她們就是這府邸的庇護神。本身已經在享福中，還希望福上加福，世代綿延不盡！因此這一回的回目講得很直白：「享福人福深還禱福」。既然是為了向神明祈求更多的福氣，那麼這場法會中所抽中的戲碼，就代表了神的旨意。當時賈珍來稟賈母：「神前拈了戲，頭一本《白蛇記》。」賈母問「《白蛇記》是什麼故事？」賈珍道：「是漢高祖斬蛇方起首的故事。」這一齣戲可以說是影射賈家的崛起一如漢高祖打天下，既是起於草莽，又是白手起家。這一點賈母並不否認，只是沒有特別感到興奮，她著急想知道神明給的第二本戲是什麼？賈珍答曰：「《滿床笏》。」這是唐朝汾陽王郭子儀出將入相，既富貴壽考，而且七子八婿皆為朝廷顯官。神明降賜這齣戲等於是預告賈府一門烜赫，家人都做大官的意思。真是好口采！果然賈母笑了：「這是第二本上？也罷了。神佛要這樣，也只得罷了。」接著又問第三本。賈珍答道：「第三本是《南柯夢》。」這是一個大家都熟悉的故事，劇中淳于棼從夢中醒來，杯中酒還未喝完，然而長長一場大夢卻已化為煙雲，他在槐安國二十年，與公主生了五男二女，男子皆在朝任官，女子也都許聘給宗室王公，淳于棼顯耀尊榮，極盛一時。可是到頭來這只也是個小小的蟻國，而且在一夜風雨之後，蟻窩便徹底崩潰毀滅。賈母聽說第三場演這齣戲，一時間沉默不言語。其實這個表情很有戲，顯示賈母既失望又不願聲張，只是心知肚明，連帶的東府的族長賈珍也不說話，他退了下來，到外邊去預備焚錢糧和開戲。曹雪芹於此戲臺前留下了一層伏筆，寫賈母眼中的陰影，實際上已預告了家族運敗的走勢。這一回的內文也正是對回目最大諷刺！

曹雪芹不僅以戲寫家族命運，他更運用戲曲這個元素來詮釋和表達人物性格、生活處境，以及特殊環境下，個人微妙的心理變化。例如：小說第二十二回寫薛寶釵的生日宴，戲臺上演了一連串好戲，引得薛寶釵炫學，賈寶玉佩服，林黛玉拈酸。至晚間散戲時，賈母深愛那做小旦的與一個做小丑的，因命人帶進來，細看時益發覺得可憐見兒的。鳳姐甚是熟諳人情世故，當著眾姊妹，不便明說，只是笑道：「這個孩子扮上，活像一個人，你們再看不出來。」寶釵心裡也知道，但是以她的城府，絕對不肯說出林黛玉像戲子這樣輕薄又輕浮的話來，因此只是淺淺一笑，佯裝不知道；還有個寶玉也猜著了，他當然也不敢說。此時只有天真直爽的史湘雲開口笑道：「倒像林姊姊的模樣兒。」那寶玉聽了，趕忙把湘雲瞅了一眼，使個眼色。其他人聽了這話，便留神細看，也都笑起來了，說果然很像。

這件事後續引發了嚴重的軒然大波！到了晚間，湘雲便賭氣打包回家：「明兒一早就走。在這裡做什麼？看人家的鼻子眼睛，什麼意思！」寶玉聽了這話，忙趕近前拉她說道：「好妹妹，妳錯怪了我。林妹妹是個多心的人。別人分明知道，不肯說出來，也皆因怕她惱。誰知妳不防頭就說了出來，她豈不惱妳。我是怕妳得罪了她，所以才使眼色。妳這會子惱我，不但辜負了我，而且反倒委屈了我。若是別人，那哪怕他得罪了十個人，與我何干呢！」湘雲摔開他的手說道：「你那花言巧語別望著我說。我原不如你林妹妹，別人說她，拿她取笑都使得，只我說了就有不是。我原不配說她。她是小姐主子，我是奴才丫頭，得罪了她，使不得！」寶玉急得說道：「我倒是爲妳，反爲出不是來了。我要有外心，立刻就化成灰，叫萬人踐踹！」湘雲道：「大正月裡，少信嘴胡說。這些沒要緊的惡誓、散話、歪話，說給那些小性兒、行動愛惱的人、會轄治你的人聽去！別叫我啐你。」說著，一逕至賈母裡間，忿忿的躺著去了。

寶玉沒趣，只得又來尋黛玉。剛到門檻前，黛玉推出來，將門關上。寶玉又不解何意，在窗外只是低聲叫「好妹妹」。黛玉總不理他。寶玉問道：「凡事都有個原故，說出來，人也不委屈。好好的就惱了，終究是什麼原故起的？」黛玉冷笑道：「問得我倒好，我也不知爲什麼。我原是給你們取笑兒的，拿著我比戲子取笑。」寶玉道：「我並沒有比妳，我並沒有笑，爲什麼惱我呢？」黛玉道：「你還要比？你還要笑？你不比不笑，比人家比了笑了的還利害呢！」寶玉聽說，無可分辨，不則一聲。

黛玉又道：「這一節還恕得。再你爲什麼又和雲兒使眼色？這安的是什麼心？莫不是她和我玩，她就自輕自賤了？她原是公侯的小姐，我原是貧民的丫頭，她和我玩，設若我回了口，豈不她自惹人輕賤呢？是這個主意不是？這卻也是你的好心，只是那一個偏又不領情，一般也惱了。你又拿我作情，倒說我小性兒，行動肯惱。你又怕她得罪了我，我惱她。我惱她，與你何干？她得罪了我，又與你何干？」

寶玉落了兩處貶謗，裡外不是人，卻正合著莊子《南華經》上的話：「巧者勞而智者憂，無能者無所求。」他原本就有出世的根器，如今爲了這一事件，更加招惹出他「飽食而遨遊，泛若不繫之舟」的終極願望。我們也可以說，這一晚上的戲，帶出了每一個看戲人的心態，甚至於心病來：賈母只顧憐苦恤貧，卻從來不醒悟她眼皮下的這些孩子們，究竟懷著怎樣的心腸？王熙鳳總有點狡黠耍詐，而薛寶釵則是拿定了主意，絕不惹議。可林黛玉寄人籬下，又怎能不憂讒畏譏？史湘雲最可愛的就是半大不小，因而一味地任性率眞。至於富貴閒人賈寶玉其實心很累，他愛博而心勞，不知何時才能眞正放下塵緣？

戲是一面鏡子，照出看戲的人表情各異，心魔難逃。接下來這本書要帶您進入更多的戲曲情境，從中體會《紅樓夢》與四大名劇交織而成的歷史場域與世間情懷，若是我們都多少有些領悟，那也是因爲我們都曾經深深入戲。

目錄

第一章

閬苑仙葩，美玉無瑕

元代王實甫所著名劇《西廂記》，究竟與《紅樓夢》之間有多少絲絲縷縷的關聯？歷來學者大多集中在《紅樓夢》第二十三回寶、黛共讀《會眞記》一處作研討，而事實上若將兩部文本做出細膩的比較與討論，我們將會發現《紅樓夢》的作者對《西廂記》有許多獨到且深刻的體會，以及在修辭上的詮釋與轉化，這些都進一步體現在《紅樓夢》的書寫上。本文擬從《西廂記》各齣戲文之文本細讀切入，具體探討《紅樓夢》與其互文，並從中借鏡之處，進而分析兩鉅著之間在文學與思想上的密切關聯。

一、元明清世紀三大美人兒

《紅樓夢》第二十三回，寶玉和黛玉在桃花樹下，飛揚的花瓣雨中，共同讀了《會眞記》。浪漫多情的戀人絮語，開啓了青春少男少女的情竇。事後寶玉問：「妹妹，妳說好不好？」黛玉笑道：「果然有趣！」寶玉引書上的句子說道：「我就是個『多愁多病身』，妳就是那『傾國傾城貌』。」黛玉聽了，臉紅又嗔怨！寶玉急忙哄勸。沒想到林妹妹是假怒而眞喜，一面揉著眼，一面笑他：「一般也唬得這個調兒，還只管胡說。『呸！原來是苗而不秀，是個銀樣蠟槍頭。』」看來他二人眞有一目十行、過目不忘的本領。而且透過這一部戀愛之書，從此心相貼、情纏綣。則曹雪芹的情慾書寫，有借重於《西廂記》者，乃不爭的事實。

至於《紅樓夢》作者與前代作品《金瓶梅》的密切關聯，我們可以從脂硯齋評甲戌本、庚辰本《紅樓夢》第十三回的一條眉批，窺其大概：「寫個個皆到，全無安逸之筆，深得《金瓶》閫奧。」然而，從《西廂記》、《金瓶梅》到《紅樓夢》，其間三大女主人公的美麗姿容，究竟經歷過怎樣的過度與遞嬗？才能承載得起三大鉅著的情感書寫？本文先從三大作家筆下石破天驚的男女主角初相見，展開討論。

《暖紅室匯刻傳奇本西廂記》第一折，張生原欲往京師求取功名，路經蒲關，聽說普救寺是武則天的香火院，蓋造得「琉璃殿相近青霄，舍利塔直侵雲漢。」如此巍峨堂皇，怎容錯過？因此趨步造訪寶刹，卻不意一眼瞧見了崔鶯鶯。而每一部文本在這相逢何必曾相識的驚天時刻，作者勢必使主人公發出心跳不已的感嘆。那張生就是第一個發出此聲的人。「呀！正撞著五百年前風流業冤。」這時，鶯鶯和紅娘正在拈花嘻笑，引惹得張生喜不自勝！「似這般可喜娘的龐兒罕曾見。則著人眼花撩亂口難言，魂靈兒飛在半天。」一時間，他以爲自己置身在天堂了！「這的是兜率宮，休猜做了離恨天。呀，誰想著寺裡遇神仙！」既然是上了天界，見到了神仙，還不得趕緊仔細欣賞一番！「我見她宜嗔宜喜春風面，偏宜貼翠花鈿。」原來，神仙姐姐的美，在於適合各種喜怒哀樂的表情。如此一張可人臉兒，令張生猜想道：最適合在眉心或酒窩處貼花鈿。

接下來，張生又細細地端詳了她的眉眼、髮鬢，更妙的是，這位小姐開了口，停半晌，才說話。於是張生便捕捉到了那將動未動，似要說話卻稍有遲疑的微妙時刻，「我死也！未語前先靦腆，櫻桃紅綻，玉粳白露，半晌恰方言。」一旦小姐動作起來，便縱有千種風情，都不知該從何說起？「行一步可人憐。解舞腰肢嬌又軟，千般裊娜，萬般旖旎，似垂柳晚風前。」

此後一百年間，中國文壇出現了《金瓶梅詞話萬曆本》，從舞臺劇場到話本彈唱，說書人似乎比雜劇演員更專精於人物的寫實刻劃。小說家寫道，當日西門慶回過臉來看到的是潘金蓮，屬於他的世紀表情便出現了：「先自酥了半邊，那怒氣早已鑽入爪窪國去了，變做笑吟吟臉兒。」潘金蓮究竟是個怎樣的美人兒呢？蘭陵笑笑生在《西廂記》櫻桃小口、細白牙齒與楊柳細腰的前導之下，更露骨地鋪寫出：「玉纖纖蔥枝手兒，一捻捻楊柳腰兒，軟濃濃白面臍肚兒，窄多多尖趫腳兒，肉奶奶胸兒，白生生腿兒，更有一件緊揪揪紅縐縐白鮮鮮黑裀裀，正不知是什麼東西……」，西門慶色瞇瞇的雙眼在無邊的想像空間裡馳騁，還只是看不夠，於是小說家又繼續描述潘金蓮的髮髻、簪花兒、抹胸、袖衫與汗巾。最後沿著褲腳一溜兒往下瞧，便集中焦點在一雙玲瓏小腳上：「往下看，尖趫趫金蓮小腳，雲頭巧緝山牙老鴉。鞋兒白綾高底步香塵，偏襯登踏，紅紗膝褲扣鶯花。」這樣一位「櫻桃初笑臉生花」的佳人，教西門慶見了「魂飛魄散，賣弄殺偏俏的冤家！」

我們可以再進一步比較《金瓶梅》與《西廂記》兩書中，對於小腳的描寫。蘭陵笑笑生採用寫實的筆法，指出三寸金蓮的面料與造型是「白綾高底」，而搭配鞋子最重要的衣著特點，則在於褲腳，因此他細膩地寫出潘金蓮那對打了鶯花扣的「紅紗膝褲」。膝褲，古人又稱之爲「脛衣」，是穿在裙子底下，罩在長褲之上的防寒褲。潘金蓮的貼身膝褲經常是紅顏色的，《金瓶梅》第四十七回也曾出現她在裙子底下套上了一對「紅錦膝褲」。面對這樣的寫實風格，讓我們在回眸一瞥《西廂記》裡崔鶯鶯的裙下風光。想當日，張生與法聰和尚曾討論道：「休說那模樣兒，則那一對小腳兒，價値百鎰之金。」和尚不明白：「偌遠地，她在那壁，你在這壁，繫著長裙兒，你便怎知她腳兒？」張生便解釋道：「法聰，來，來，來，你問我怎便知，你覷：不是襯殘紅，芳徑軟，怎顯得步香塵底樣兒淺。且休題眼角兒留情處，則這腳蹤兒將心事傳。慢俄延，投至到櫳門兒前面，剛那了上步遠。」說得很有道理，原來那西門慶從樓下往上瞧，應當也是看不到潘金蓮的腳，而王實甫寫的《西廂記》卻能從寫意的眼光來解決這個問題。張生看那小腳印「樣兒淺」，就知道崔鶯鶯的金蓮有多迷你！又留心那腳蹤「慢俄延」，便能猜到小姐也瞥見了張生，一時有了心事，所以將腳步給放慢了些許。

文人寫書往往描畫成癮，方能曲盡其妙。針對第一女主角的描繪，到了《脂硯齋重評石頭記甲戌本》第三回又有一番轉折。當寶玉第一眼看見黛玉時，既不是如張生遠望佳人拈花，也不是西門慶仰望樓頭式的崇拜眼神。賈寶玉竟是坐下來好整以暇地，細細觀看了黛玉的姿容。

當時他見到所謂林姑媽的女兒來了，連忙上前作揖。待兩人廝見畢，各自歸坐，寶玉便已平視的角度「細看形容」，當下發現她與身旁眾人很不相同：「兩彎似蹙非蹙罥煙眉，一雙似泣非泣含露目。態生兩靨之愁，嬌襲一身之病。淚光點點，嬌喘微微。閑靜時，如姣花照水；行動處，似弱柳扶風。心較比干多一竅，病如西子勝三分。」罥煙眉，是有帶著感情和訴不盡的牽掛纏綿之意。則林妹妹是個給人「戀愛感」的特殊女性，關於這一點，其實我們應該再看看《紅樓夢》第二十五回，呆霸王薛蟠第一次見到林黛玉，曹雪芹竟只用一句話來形容當時的景況：「忽一眼瞥見了林黛玉風流婉轉，已酥倒在那裡。」這句話就相當於張生說的：「我死也！」以及西門慶的眞實感覺：「魂飛魄散！」因此，小說家也善於描寫男人的「詞窮」，因爲這反而成爲恰如其分地彰顯女性美的特殊修辭。

二、寶玉送妹妹一個妙字

在女性美的感官修辭上，我們再進一步比較《西廂記》與《紅樓夢》二書。自《紅樓夢》第二十三回起，戲劇的「妙詞」變成爲一把文學的金鑰，爲讀者開啓了《紅樓夢》情愛花園的門扉。而事實上，早在小說第三回，曹雪芹描寫寶、黛初相見，便已讓讀者從賈寶玉的眼中細看了林姑娘的形容：林妹妹果然氣質與衆不同！最美的地方是在雙眉：「兩彎似蹙非蹙罥煙眉」。寶玉感覺像是在哪裡見過一般地熟識與親切，於是笑著說道：「這個妹妹我曾見過的。」可是賈母罵他胡說！妹妹初來乍到，怎麼可能見過？於是寶玉只好改口對祖母解釋道：「雖未曾見過，然我看著面善，那算是舊相識，今日只作遠別重逢吧！」有了這一段溫馨的開場白，便給了寶玉走近黛玉身邊坐下的機會，於是他又細細地打量了黛玉一番，然後問道：「妹妹可曾讀書？尊名是那兩個字？」黛玉便說了名字。寶玉又問表字。黛玉道：「無字。」寶玉笑道：「我送妹妹一妙字，莫若『顰顰』二字極好！」

林姑娘本名的「黛」正與她情思牽掛繚繞、輕輕蹙起的愁眉相應，引得寶玉聯想到「顰」這個字。寶玉還爲了黛玉的眉，杜撰了這個表字出處的典故：「《古今人物通考》上說：『西方有石名黛，可代畫眉之墨。』況這林妹妹眉尖若蹙，用取這兩個字，豈不兩妙！」然而這環繞在第一女主角身上的兩大美學關鍵詞，其實脫胎自《西廂記》。我們來看第二本《崔鶯鶯夜聽琴雜劇》，當時盜賊頭子孫飛虎率兵團團圍住普救寺，並高聲叫道：「寺裡人聽著：限你們三日內將鶯鶯獻出來與俺將軍成親，則萬事干休。三日後不送出，伽藍盡皆焚燒，僧俗寸斬，不留一個！」丫鬟聞訊飛奔來報老夫人：「如今孫飛虎將半萬賊兵圍住寺門，要擄鶯鶯做壓寨夫人。」老夫人不解。丫鬟便轉述孫飛虎形容鶯鶯的話：「黛青顰，蓮臉生春，似傾國傾城的太眞。」原來是先有了崔鶯鶯的「黛青顰」，才給了曹雪芹勾畫林黛玉「罥煙眉」的靈感。而我們常用的成語「東施效顰」其實也源於西施捧心蹙眉之態。則賈寶玉送給妹妹的表字，除了源於崔鶯鶯的美，實則又多了一層中國四大美人之首——西施——的比附，而且崔鶯鶯的美在王實甫筆下又「似傾國傾城的太眞」，如此層層攀比，亦可以將寶玉所取的這個「妙字」推上讚美女性的高峰。同時一待《紅樓夢》女主人公美的焦點浮現，這部書的精神旨趣便能順勢烘托出來。於是我們發現，《紅樓夢》作者取材與借鏡《西廂記》之處，不僅僅是大家所熟知的第二十三回「寶黛共讀西廂」，那份濃濃的情愛暗示。還有更基本與關鍵的第三回寶玉送給黛玉的「文學見面禮」。從此，大觀園中人，特別是薛寶釵經常稱林黛玉爲「顰兒」，以及回目中的「顰卿」，均源於此處而定調。

三、每日家情思睡昏昏

自從寶、黛一同讀過《西廂記》之後，生活中便多了一分彼此心心相印的愛的隱語。情侶之間特別需要心照不宣的小祕密，藉著共同懷抱著一段愛情故事，讓甜蜜感從中孳生。第十九回賈寶玉原本是無精打彩，在迴廊上調弄了一回雀兒，出至院外，順著沁芳溪看了一回金魚。又望見那邊山坡上兩隻小鹿箭也似的跑來，原來是被賈蘭拿著小弓兒在後頭追，他看了這景況，只覺得更無聊了。這時他只是順著腳，不需要思考，便一逕來至一個院門前，只見鳳尾森森，龍吟細細，舉目望門上一看，正是「瀟湘館」。

寶玉信步走入，只見湘簾垂地，悄無人聲。走至窗前，覺得一縷幽香從碧紗窗中暗暗透出，寶玉便將臉貼在紗窗上，往裡窺看時，耳內忽聽得細細的長嘆了一聲道：「每日家情思睡昏昏。」林黛玉的這一聲輕嘆，正是《西廂記》裡崔鶯鶯自從見了張君瑞之後，日夜思念，坐不安、睡不穩，心情不愉快，閒來又發悶的時候，突然冒出來的一句話。《西廂記》第二本第一折中寫道：

翠被生寒壓繡裀，休將蘭麝薰；便將蘭麝薰盡，則索自溫存。昨宵個錦囊佳制明勾引，今日玉堂人物難親近。這些時坐又不安，睡又不穩，我欲待登臨又不快，閑行又悶。每日價情思睡昏昏。

因此，林黛玉躺在床上說出：「每日家情思睡昏昏。」則分明是為情所困時說的話，而寶玉就是和她共讀《西廂記》的人，聽了這句話不覺心內癢將起來，再看時，只見黛玉在床上伸懶腰。寶玉在窗外笑道：「為甚麼『每日家情思睡昏昏』？」一面說，一面掀簾子進來了。

這句慵懶、撒嬌又為情所困的話語，原本就是崔鶯鶯伏在枕頭上說的：「我則索搭伏定鮫綃枕頭兒上盹。」曹雪芹將這句話鑲嵌在《紅樓夢》的情慾書寫脈絡裡，讓我們一看便知黛玉此時的情態和心事。果不其然，當寶玉掀簾進來時，林黛玉因自覺忘情，這才紅了臉，拿袖子遮了臉，翻身向裡裝睡著了。寶玉才走上來要搬她的身子，只見黛玉的奶娘並兩個婆子卻跟了進來說：「妹妹睡覺呢，等醒了再請來。」剛說著，黛玉便翻身向外，坐起來，笑道：「誰睡覺呢？」那兩三個婆子見黛玉起來，便笑道：「我們只當姑娘睡著了。」說著，便叫紫鵑說：「姑娘醒了，進來伺候。」一面說，一面都去了。

此處老婆子、丫鬟多礙事，又與《西廂記》裡崔鶯鶯的處境很相似：「（紅云）不干紅娘事，老夫人著我跟著姐姐來。（旦云）俺娘也好沒意思！這些時直恁般堤防著人；小梅香伏侍的勤，老夫人拘繫的緊，則怕俺女孩兒折了氣分。」所幸紫鵑不似紅娘，一時離了林黛玉眼前。於是黛玉便坐在床上，一面抬手整理鬢髮，一面笑向寶玉，因此引得寶玉「神魂早蕩」。然而單有黛玉引了《西廂記》的愛情絮語，那是不夠的，還得寶玉也趁勢引出一段，方可見他倆的感情已經到了可以避人耳目，雙雙「偷」讀《西廂記》的特殊情分。於是曹雪芹寫道：二人正說話，只見紫鵑進來。寶玉便笑道：「好丫頭，『若共妳多情小姐同鴛帳，怎捨得疊被鋪床？』」這句話引得甚是露骨輕薄！黛玉縱使聽出了寶玉的慾望，也不能正面回應，少不得需假裝生氣一場。而曹雪芹筆下的鬧彆扭，其實也正是黛玉最恃情撒嬌的姿態。

四、林黛玉藉《西廂記》自嗟

《西廂記》這部書對林黛玉的影響很大。在寶玉引著她一同閱讀之後，此書幾乎成為她感傷身世、抒發情懷的寄託。《紅樓夢》第三十五回，賈寶玉挨了父親一頓毒打，林黛玉便獨自立於花陰之下，遠遠的卻向怡紅院內望著，只見李宮裁、迎春、探春、惜春等人都向怡紅院內去過之後，便一起一起的散盡了，獨不見鳳姐兒來，黛玉心裡猜疑：「如何她不來瞧寶玉？便是有事纏住了，她必定也是要來打個花胡哨，討老太太和太太的好兒才是。今兒這早晚不來，必有原故。」王熙鳳曾經背後議論林黛玉是個「紙做的美人燈，風吹吹就壞了」，這個評述其實不深刻，反而是林黛玉很知人情世故，她對王熙鳳才是知之甚詳。在她的觀察裡，王熙鳳就是頭一個「懂得在長輩面前打花胡哨」的人。果不其然，黛玉一面想著，一面抬頭再看時，只見花花簇簇的一群人又向怡紅院內來了。定眼看，只見賈母搭著鳳姐兒的手，後頭邢夫人、王夫人跟著周姨娘並丫鬟、媳婦等人都進院去了。

黛玉的觀感沒有錯，王熙鳳正是伴著老太太和邢、王二夫人來的。只不過此時她遙遙地看見了，心中卻又升起了另一層感傷，想起有父母的人眞好，於是不知不覺間又淚珠滿面。少頃，只見寶釵、薛姨娘等也進入去了。忽聽見紫鵑從背後走來說道：「姑娘吃藥去吧，開水又冷了。」一句話提醒了黛玉，方覺得有點腿酸，於是慢慢的同紫鵑回瀟湘館來。一進院門，只見滿地下竹影參差，苔痕濃淡，不覺又想起《西廂記》中所云：「幽僻處可有人行，點蒼苔白露泠泠」二句來，因暗暗的嘆道：「雙文，雙文，誠爲命薄人矣！然妳雖命薄，尙有孀母弱弟；今日林黛玉之命薄，一併連孀母弱弟俱無。古人云『佳人薄命』，然我又非佳人，何命薄勝於雙文哉！」一面想，一面只管走，不防廊上的鸚哥兒見林黛玉來了，「嘎」的一聲撲了下來，之後這鸚鵡竟然能夠出聲念道：「儂今葬花人笑癡，他年葬儂知是誰？試看春盡花漸落，便是紅顏老死時。一朝春盡紅顏老，花落人亡兩不知！」

這一段文字，前有《西廂記》，後有〈葬花吟〉，分別是林黛玉的生活與心情的寫照。其中「幽僻處可有人行，點蒼苔白露泠泠」，映現出瀟湘館內竹影、苔痕之美，卻又在無意間讓黛玉聯想起自己漂泊無依的身世，比崔鶯鶯更爲淒涼！而「幽僻處……」一句實出自《西廂記》第二本第三折：「幽僻處可有人行，點蒼苔白露泠泠。隔窗兒咳嗽了一聲，紅敲門，科末云：是誰來也？紅云：是我。他啓朱唇急來答應。」這是紅娘眼看著鶯鶯與張生都害相思之苦，因此一路從幽僻小徑、蒼苔白露間走來，想給與張生一點暗示，讓他彈奏古琴曲，小姐便能隔空聽見他的衷腸。其實林黛玉在想起《西廂記》這一優美的文句之前，也正爲自己孤獨的心意難以傳達到給寶玉，因而感到傷心落寞，也許她還想到那張生猶可撫琴傳述心事，可嘆她和寶玉之間竟缺了這道橋梁。這或許可解釋爲八十七回黛玉教寶玉識琴譜的曲衷。

到了寶玉生日的第六十三回，眾人玩著掣花籤的遊戲，則林黛玉手中抽出的命運之籤，又與《西廂記》互文。我們看當時的情景：黛玉默默想道：「不知還有什麼好的被我掣著方好。」一面伸手取了一根，只見上面畫著一枝芙蓉，題著「風露清愁」四字，那面一句舊詩，道是：「莫怨東風當自嗟」。注云：「自飲一杯，牡丹陪飲一杯。」眾人笑說：「這個好極。除了她，別人不配作芙蓉。」黛玉也自笑了。於是飲了酒……。「怨東風」一詞，源自《西廂記》第二本第一折，當時崔鶯鶯還不知孫飛虎已洶洶來搶親！她自見了張生，神魂蕩漾，情思不快，茶飯少進。「早是離人傷感，況值暮春天道，好煩惱人也呵！」因此說道：「好句有情憐夜月，落花無語怨東風。」而林黛玉手中的「莫怨東風當自嗟」既源於雙文的詩句，則也有同時暗刺雙文的意味。她只知道輕怨東風春來使人惆悵，卻沒料到此刻應當自嗟眼前的重大危機與未來命運的艱難多舛！

五、隔花陰人遠天涯近

《西廂記》對於林黛玉的影響，已見上述。則該作對於賈寶玉的生活與創作而言，又扮演著怎樣的角色？首先，賈寶玉的〈紅豆詞〉爲誰而唱？答案是不言可喻的。警幻稱他的情感特質是「意淫」，此意或可從寶玉吟唱這首詞的情境中，得到了充分的體現。曾經深陷熱戀中的人方能體會，即便所愛之人一時不在身旁，對他/她的渴望與思念卻是分分秒秒絲毫不減，於是便在有意無意間，樂得對周遭的同伴們提起愛人的小名、暱稱、習慣與特徵……。因此「意淫」也可以說是在意念中滿足了自己的渴慕之情，也在叨叨的絮語底下，夾藏偷渡了一段不爲人知的心事與祕密。所謂「睡不穩紗窗風雨黃昏後，忘不了新愁與舊愁，咽不下玉粒金蓴噎滿喉，照不見菱花鏡裡形容瘦。展不開的眉頭……」則賈寶玉雖與公子哥兒們聊天喝酒唱小曲兒，實則是透露出最近與黛玉共讀《西廂記》之後，所產生的異樣情愫，那綿長的思念就像是青山隱隱、綠水悠悠，不斷地湧現於心潮。他唱得那樣情深意切，當然引得馮紫英、蔣玉菡等人都齊聲喝采！最妙的是，寶玉接下來完令的動作：他飲了門杯，然後拈起一片梨來，說道：「雨打梨花深閉門。」於是完了令。這是因爲當天酒令的規矩是酒面要唱一首新鮮時樣的曲子，而酒底要引用席上生風的一件東西，來說出一句古詩、舊對，或《四書》、《五經》成語等。而寶玉所說的「雨打梨花深閉門」，正是出自《西廂記》第二本【仙呂八聲甘州】：「懨懨瘦損，早是傷神，那值殘春。羅衣寬褪，能消幾度黃昏？風裊篆煙不卷簾，雨打梨花深閉門；無語憑闌干，目斷行雲。」崔鶯鶯的「懨懨瘦損」、「羅衣寬褪，能消幾度黃昏？」與〈紅豆詞〉中描述林黛玉的形容，「睡不穩紗窗風雨黃昏後，忘不了新愁與舊愁，咽不下玉粒金蓴噎滿喉，照不見菱花鏡裡形容瘦」，互爲神似。則此處曹雪芹再度將林黛玉與崔鶯鶯的形象疊合，透過寶玉吟詠的歌聲，意淫的心態，婉轉流露出來，文章寫得至爲婉曲，又曲盡高妙。

而賈寶玉在唱〈紅豆詞〉之前不久，才於桃花樹下展讀《西廂記》，當他看到「落紅成陣」

時，只見一陣風過，把樹頭上桃花吹下一大半來，落得滿身滿書滿地皆是。寶玉要抖將下來，恐怕腳步踐踏了，只得兜了那花瓣，來至池邊，抖在池內。那花瓣浮在水面，飄飄蕩蕩，竟流出沁芳閘去了。這「落紅成陣」一詞便出自劇本中的【混江龍】：「落紅成陣，風飄萬點正愁人，池塘夢曉，闌檻辭春；蝶粉輕沾飛絮雪，燕泥香惹落花塵；繫春心情短柳絲長，隔花陰人遠天涯近。香消了六朝金粉，清減了三楚精神。」這裡不僅是「落紅成陣」一句讓《紅樓夢》與《西廂記》互文，更有那「隔花陰人遠天涯近」卻是脂硯齋批語中所聯想到的句子。《紅樓夢》第二十五回，雖是賈寶玉生死攸關的一回，卻也是小丫頭紅玉被描寫得最美的一個段落。在整部《紅樓夢》中，舉凡名字爲「玉」字輩者，都有其重要文本意義，其中包含了紅玉。文中寫道：「誰知寶玉昨兒見了紅玉，也就留了心。若要直點名喚她來使用，一則怕襲人等寒心；二則又不知紅玉是何等行爲，若好還罷了，若不好起來，那時倒不好退送的。因此心下悶悶的，早起來也不梳洗，只坐著出神。一時下了窗子，隔著紗屜子，向外看的眞切，只見好幾個丫頭在那裡掃地，都擦胭抹粉，簪花插柳的，獨不見昨兒那一個。」這裡說到幾個丫鬟們都在塗脂抹粉、簪花插柳，形象可謂庸俗蠢笨，作者的目的乃是爲了對比烘托出紅玉的清新脫俗。寶玉既未看見紅玉，心裡有點不甘心，「便靸了鞋晃出了房門，只裝著看花兒，這裡瞧瞧，那裡望望，一抬頭，只見西南角上游廊底下欄杆上似有一個人倚在那裡，卻恨面前有一株海棠花遮著，看不眞切。」此處《甲戌本》雙行夾批寫道：「余所謂此書之妙皆從詩詞句中翻出者，皆系此等筆墨也。試問觀者，此非「隔花人遠天涯近」乎？可知上幾回非余妄擬也。」脂硯齋指出《紅樓夢》作者以詩詞脫胎而寫出的小說意境，是整部書最美的地方，此處就是一明證。而所謂「從詩詞句中翻出者」，指的便是《西廂記》中的佳句。果不其然，賈寶玉又轉了一步，仔細一看，可不是昨兒那個丫頭在那裡出神！則《紅樓夢》以詩情畫意處理人物的筆法，既爲脂評所點出，則《西廂記》對曹雪芹寫作的影響，便也得到一更爲有力的例證。

六、僧不僧，俗不俗，女不女，男不男

《西廂記》第二本第二折【滾繡球】唱的是惠明小和尚勇敢下書求救的情況。惠明毛遂自薦道：「我經文也不會談，逃禪也懶去參；戒刀頭近新來鋼蘸，鐵棒上無半星兒土漬塵緘。別的都僧不僧、俗不俗，女不女、男不男，則會齋得飽也則去那僧房中胡渰，那裡管焚燒了兜率也似伽藍。則爲那善文能武人千里，憑著這濟困扶危書一緘，有勇無慚。」其中講述這特殊的出家人，好似不太能守清規戒律，既不會經文，又經常逃禪，只管自家吃得飽，偌大一座寺廟就是教人放火燒了，他也不在乎，所以自嘲：「僧不僧、俗不俗，女不女、男不男」。這樣一個放誕詭僻的和尚，日後竟抵得上千軍萬馬，生出大智大勇來，爲了全寺僧眾的性命，冒險下山遠赴四、五十

里外的蒲關，遞交一封書信給張君瑞的摯友白馬將軍，以解孫飛虎率五千土匪搶親之危。這樣一個臨命突圍的戲劇形象，一個出人意表的世間奇才，大約深得曹雪芹之心，因此特意將形容惠明的話，置於描寫妙玉的怪異行徑上。

《紅樓夢》第六十三回壽怡紅群芳開夜宴，賈寶玉在歡樂壽誕過後的第二天清早，收到了妙玉祝賀的拜帖，由於第一次面對出家人奇妙的待人處世之道，因此想尋個人來商量一下。想罷，袖了帖兒，逕來尋黛玉。剛過了沁芳亭，忽見邢岫煙顫顫巍巍的迎面走來。寶玉忙問：「姐姐哪裡去？」岫煙笑道：「我找妙玉說話。」寶玉聽了詫異，說道：「她爲人孤癖，不合時宜，萬人不入她目。原來她推重姐姐，竟知姐姐不是我們一流的俗人。」岫煙解釋道：其實她與妙玉做過十年的鄰居，只一牆之隔。妙玉在蟠香寺修煉時，岫煙賃的她廟裡的房子住，因此無事常到她廟裡作伴。妙玉教岫煙認字，所以兩人可謂貧賤之交，又有半師之分。如今在賈府相遇，直是天緣湊合。

寶玉聽了，恍然大悟，於是便將拜帖取與岫煙看。岫煙笑道：「她這脾氣竟不能改，竟是生成這等放誕詭僻了。從來沒見拜帖上下別號的，這可是俗語說的『僧不僧，俗不俗，女不女，男不男』，成個什麼道理！」寶玉聽說，忙笑道：「姐姐不知道，她原不在這些人中算，她原是世人意外之人。因取我是個些微有知識的，方給我這帖子。我因不知回什麼字樣才好，竟沒了主意，正要去問林妹妹，可巧遇見了姐姐。」賈寶玉深感妙玉的器重，因而矢志回覆她的美意，邢岫煙當然得幫這個忙。只是我們這裡又看到了一個例子，曹雪芹特別在《紅樓夢》「玉」字輩人物身上下功夫摹寫。而背後所引用的語典仍是出自《西廂記》。

七、兩大文化遺產同登家班舞臺

《紅樓夢》中最重要的兩項表演藝術場域，可舉崑曲與古琴為代表。而其中亦有源自《西廂記》之處。劇本第二本第五折，老夫人為張生備辦了酒宴，卻在席間要「小姐近前拜了哥哥！」這句話一出，當場三個年輕人都有戲：張生「呀」的一聲，暗忖：「老夫人的聲息不好了也！」鶯鶯也受了驚嚇：「俺娘變了卦也！」連小紅娘都直覺叫苦：「這相思又索害也。」

宴席後，張生情急之下，對紅娘說道：「小生為小姐，晝夜忘餐廢寢，魂勞夢斷，常忽忽如有所失。自寺中一見，隔墻酬和，迎風待月，受無限之苦楚。甫能得成就婚姻，夫人變了卦，使小生智竭思窮，此事幾時是了！小娘子怎生可憐小生，將此意申與小姐，知小生之心。就小娘子前解下腰間之帶，尋個自盡。」面對這樣急難時刻，紅娘果然拿出辦法來：「妾見先生有囊琴一張，必善於此。俺小姐深慕於琴。今夕妾與小姐同至花園內燒夜香，但聽咳嗽為令，先生動操；看小姐聽得時說甚麼言語，卻將先生之言達知。若有話說，明日妾來回報，這早晚怕夫人尋我，回去也。」張生聽了紅娘之言，深覺有意趣。當晚趁著月色，便開始整理琴：「琴呵，小生與足下湖海相隨數年，今夜這一場大功，都在你這神品、金徽、玉軫、蛇腹、斷紋、嶧陽、焦尾、冰弦之上。天哪！卻怎生借得一陣順風，將小生這琴聲吹入俺那小姐玉琢成、粉捏就、知音的耳朵裡去者！」

不久，那紅娘果然引著小姐燒香去來，紅娘故意說道：「好明月也呵！」只是小姐再無心賞月：「事已無成，燒香何濟！」說著，又埋怨起月亮來：「月兒，你團圓呵，咱卻怎生？」紅娘卻藉故發話，讓張生知道她們已在窗外。她說：「姐姐，妳這裡聽，我瞧夫人一會便來。」張生聽見窗外有人，當場將弦改過，自彈自唱一曲此時最為應景的《鳳求凰》。這是昔日司馬相如的成名曲，張生多麼希望小姐能如文君一般解意。歌曰：「有美人兮，見之不忘。一日不見兮，思之如狂。鳳飛翩翩兮，四海求凰。無奈佳人兮，不在東墻。張弦代語兮，欲訴衷腸。何時見許兮，慰我徬徨？願言配德兮，攜手相將！不得于飛兮，使我淪亡。」

知音者如鶯鶯，果然在窗外聽得入迷：「彈得好也呵！其詞哀，其意切，淒淒如鶴唳天；故使妾聞之，不覺淚下。」自古以來，撫琴者與聽琴者之間存在著高妙的心靈相契，古代最著名的例子便是：伯牙鼓琴，鍾子期聽之，方鼓琴而志在泰山，鍾子期曰：「善哉乎鼓琴，巍巍乎若泰山。」少選之間而志在流水，鍾子期又曰：「善哉乎鼓琴，湯湯乎若流水。」鍾子期死，伯牙破琴絕弦，終身不復鼓琴，以爲世無足復爲鼓琴者。

有了上述知音故事爲背景，也才有張生鼓琴，鶯鶯心領神會，淒切間不覺淚下的故事轉進，這是將友誼的最高境界轉爲愛情敘事。而這個段落，到了《紅樓夢》第八十七回，再度出現了戲擬（parody）的改寫。作者模擬《西廂記》的鶯鶯聽琴，進而將它改寫成寶玉聽琴。非但性別倒置，而且寶玉聽不懂；眞正的知音，乃是寶玉身旁的妙玉，這位「僧不僧、俗不俗，女不女、男不男」，脫胎自《西廂記》惠明小和尚的世外高人。

那日黛玉的情緒很是激動，因爲她無意間翻找到舊日賈寶玉送給她擦眼淚的手帕。又因紫鵑慧心勸解，她才把手帕撂下，披了一件皮衣，自己悶悶的走到外間來坐下。回頭看見案上寶釵的詩啓尙未收好，又拿出來瞧了兩遍，嘆道：「境遇不同，傷心則一。不免也賦四章，翻入琴譜，可彈可歌，明日寫出來寄去，以當和作。」便叫雪雁將外邊桌上筆硯拿來，濡墨揮毫，賦成四疊。又將琴譜翻出，借他《猗蘭》、《思賢》兩操，合成音韻，與自己做的配齊了，然後寫出，以備送與寶釵。可知在她的心目中，寶釵乃是知音。接著又叫雪雁向箱中將自己帶來的短琴拿出，調上弦，又操演了指法。黛玉本是個絕頂聰明人，又在南邊學過幾時，雖是手生，到底一理就熟。撫了一番，夜已深了。

第二天，妙玉、惜春棋罷，寶玉送妙玉回櫳翠庵，二人離了蓼風軒，彎彎曲曲，走近瀟湘館，忽聽得叮咚之聲。妙玉道：「那裡的琴聲？」寶玉道：「想必是林妹妹那裡撫琴呢。」寶玉說：「咱們去看她。」妙玉道：「從古只有聽琴，再沒有看琴的。」寶玉笑道：「我原說我是個俗人。」說著，二人走至瀟湘館外，在山子石坐著靜聽，甚覺音調清切。只聽得低吟道：

「風蕭蕭兮秋氣深，美人千里兮獨沉吟。望故鄉兮何處，倚欄杆兮涕沾襟。」歇了一回，聽得又吟道：

「山迢迢兮水長，照軒窗兮明月光。耿耿不寐兮銀河渺茫，羅衫怯怯兮風露涼。」

又歇了一歇。妙玉道：「剛才『侵』字韻是第一疊，如今『陽』字韻是第二疊了。咱們再聽。」裡邊又吟道：

「子之遭兮不自由，予之遇兮多煩憂。之子與我兮心焉相投，思古人兮俾無尤。」

妙玉道：「這又是一拍。何憂思之深也！」寶玉道：「我雖不懂得，但聽她聲調，也覺得過悲了。」裡頭黛玉又調了一回弦。妙玉道：「君弦太高了，與無射律只怕不配呢。」只聽裡邊又吟道：

「人生斯世兮如輕塵，天上人間兮感夙因。感夙因兮不可惙，素心如何天上月。」

妙玉聽了，呀然失色道：「如何忽作變徵之聲？音韻可裂金石矣。只是太過。」寶玉道：「太過便怎麼？」妙玉道：「恐不能持久。」正議論時，聽得君弦蹦的一聲斷了。妙玉站起來，連忙就走。寶玉道：「怎麼樣？」妙玉道：「日後自知，你也不必多說。」

緊繃的琴音能傳述黛玉的心事，也預告了操縵者不祥的命運。這或許只有愛情的局外人妙玉才能洞觀。況且她說：「從古只有聽琴，再沒有看琴的。」便知她是懂琴的行家。我們看現藏於北京故宮博物院的宋徽宗名畫「聽琴圖」，此圖繪松下撫琴人著道袍，輕攏慢捻，另二人坐於下首恭聽，一人側身低頭，另一人仰面，神態恭謹。若非低頭，便是仰面，這便印證了妙玉所言：「只有聽琴，再沒有看琴」的美學意趣。

《紅樓夢》在撫琴這一議題上，與《西廂記》互文處，還有第五十四回：那時正是年節下，賈母批評了女先生說書的故事《鳳求鸞》，這或許也是曹雪芹藉此暗貶《鳳求凰》的套路。接著賈母說：「把咱們的女孩子們叫了來，就在這臺上唱兩齣罷，也給他們瞧瞧。」一時，梨香院的教習帶了文官等十二個人從遊廊角門出來，……賈母於是要求道：「薛姨太太，這李親家太太，都是有戲的人家，不知聽過多少好戲的……咱們好歹別落了褒貶！少不得弄個新樣兒的：叫芳官唱一齣〈尋夢〉，只需用管簫合，笙、笛一概不用。」文官笑道：「老祖宗說的是。我們的戲，自然不能入姨太太和親家太太、姑娘們的眼；不過聽我們小孩子一個發脫口齒，再聽一個喉嚨罷了。」……賈母叫葵官：「唱一齣〈惠明下書〉，也不用抹臉。只用這兩齣，叫他們二位太太聽個寫意兒罷了。若省了一點兒力，我可不依。」

文官等聽了出來，忙去扮演上臺，先是〈尋夢〉，次是〈下書〉。眾人鴉雀無聞。薛姨媽因笑道：「實在戲也看過幾百班，從沒見過只用簫管的。」賈母道：「也有，只是像方才〈西樓〉〈楚江晴〉一支，多有小生吹簫合的。這大套的實在少。這也在人講究罷了，這算什麼出奇？」指著湘雲道：「我也像他這麼大的時候兒，他爺爺有一班小戲，偏有一個彈琴的，湊了來《西廂記》的『聽琴』，《玉簪記》的『琴挑』，《續琵琶》的『胡笳十八拍』，竟成了真的了。比這個更如何？」眾人都道：「這更難得了。」

可知賈母從前待字閨中時，她們史家的家班唱小生的，有會吹簫者，也有會彈古琴的，這可以是讓崑曲舞臺達到極盡風雅之至！此處的描述，也反應出當年曹寅家族戲曲審美的境界。因此當他們演出《西廂記．聽琴》一折時，是張生一邊撫琴，同時唱琴曲，以此藝術形式來傳神表現其求愛的熱忱。一時間，舞臺上的作戲，「竟成了真的了」。

八、不許小兒家口沒遮攔！

《紅樓夢》第五回十二支曲之【枉凝眉】，唱出了寶、黛戀情的哀婉情調：「一個是閬苑仙葩，一個是美玉無瑕。若說沒奇緣，今生偏又遇著他。若說有奇緣，如何心事終虛化？一個枉自嗟呀，一個空勞牽掛。一個是水中月，一個是鏡中花。想眼中能有多少淚珠兒，怎經得秋流到冬盡，春流到夏！」曲中的「閬苑仙葩」主要是指林黛玉，仙葩即是仙草，而林妹妹的前世正是西方靈河岸上三生石畔的絳珠仙草，閬苑便是神仙的園林，林黛玉就是閬苑裡的仙葩。至於詞中的美玉無瑕，大多數學者指稱是賈寶玉的前身神瑛侍者，他也是付出情意爲仙草澆灌的有緣人。然而這段奇緣，最後終成虛化，令寶、黛二人枉自嗟呀，空勞牽掛……。

如此動聽而扣人心弦的一首歌，其句式：「一個……，一個……」與元雜劇的【混江龍】與【油葫蘆】等句式近似。而這兩個曲牌特別是在描述愛情故事中男女主角時，曾爲元代劇作家王實甫所選用。《西廂記》第三本第一折，自從老夫人失信於張君瑞，親事便當場作廢！鶯鶯與君瑞各自愁雲滿臉、淚眼不乾。劇作家寫道：「夫人失信，推托別詞；將婚姻打滅，以兄妹爲之。如今都廢卻成親事，一個價愁糊突了胸中錦繡，一個價淚搵了臉上胭脂。」

緊接著又藉【油葫蘆】更進一步塡寫出兩人各自的傷心情態：「憔悴潘郎鬢有絲；杜韋娘不似舊時，帶圍寬清減了瘦腰肢。一個睡昏昏不待觀經史，一個意懸懸懶去拈針線；一個絲桐上調弄出離恨譜，一個花箋上刪抹成斷腸詩；一個筆下寫幽情，一個弦上傳心事：兩下裡都一樣害相思。」而【杻凝眉】中的「美玉無瑕」，實際上也與《西廂記》第三本第三折之語句相同。書中描述鶯鶯在君瑞心目中的聖潔：「她是個嬌滴滴美玉無瑕，粉臉生春，雲鬟堆鴉。」

至於《西廂記》第三本第二折中的典故，又被曹雪芹直接搬來作爲寶、黛二人私下的對話。《紅樓夢》第四十九回，寶玉素習深知黛玉有些小性兒，如今卻見她和寶釵親暱相好，心中悶悶不解：「她兩個素日不是這樣的，如今看來，竟更比他人好了十倍。」又見寶琴也與黛玉親敬異常，寶玉看著，只是暗暗納罕。於是寶玉便來到黛玉房中，笑道：「我雖看了《西廂記》，也曾有明白的幾句，說了取笑，妳還曾惱過。如今想來，竟有一句不解，我念出來，妳講講我聽聽。」黛玉聽了，便知有文章，因笑道：「你念出來我聽聽。」寶玉笑道：「那〈鬧簡〉上有一句說得最好，『是幾時孟光接了梁鴻案？』這句最妙。『孟光接了梁鴻案』這七個字，不過是現成的典，難爲他這『是幾時』三個虛字，問得有趣。是幾時接了？妳說說我聽聽。」

孟光與梁鴻「舉案齊眉」的故事出自《後漢書・梁鴻傳》：「爲人賃舂，每歸，妻爲具食，不敢於鴻前仰視，舉案齊眉。」而賈寶玉所問的話，出自《西廂記》：「【三煞】他人行別樣的親，俺根前取次看，更做道孟光接了梁鴻案。別人行甜言美語三冬暖，我跟前惡語傷人六月寒。我爲頭兒看：看你個離魂倩女，怎發付擲果潘安。」原來崔鶯鶯對貼身侍女紅娘動用了心機，明明是魚雁傳書欲見張生，卻欺騙紅娘說這是一封拒絕信。紅娘當下送信過去，張生看了卻喜不自勝，口口聲聲說這是小姐向他提出了邀約：

末云小姐罵我都是假，書中之意，著我今夜花園裡來，和她「哩也波哩也囉」哩。紅云你讀書我聽。末云「待月西廂下，迎風户半開，隔墻花影動，疑是玉人來。」紅云怎見得她著你來？你解與我聽咱。末云「待月西廂下」，著我月上來；「迎風户半開」，她開門待我；「隔墻花影動，疑是玉人來」，著我跳過墻來。

紅娘得知自己被耍弄了，很是寒心，當場也埋怨：「曾見寄書的顛倒瞞著魚雁，小則小心腸兒轉關。寫著西廂待月等得更闌，……他著緊處將人慢，您會雲雨鬧中取靜，我寄音書忙裡偷閑。……他人行別樣的親，俺根前取次看，更做道孟光接了梁鴻案。」而《紅樓夢》的作者便引用了這一段話，讓賈寶玉隱諱地詢問林黛玉幾時偷偷和薛寶釵和解了？那林黛玉聽了，禁不住也笑起來：「這原問得好。他也問得好，你也問得好。……誰知她竟真是個好人，我素日只當她藏奸。」因把說錯了酒令起，連送燕窩病中所談之事，細細告訴了寶玉。寶玉方知緣故，因笑道：「我說呢，正納悶『是幾時孟光接了梁鴻案』，原來是從『小孩兒家口沒遮攔上』就接了案了。」整段情節從四十二回黛玉在酒令中失言起，繼而有寶釵著人雨中送燕窩來，一直鋪敘到四十九回爲止，整整八回乃至於終結處，曹雪芹還是引用了《西廂記》裡的句子來收尾：「【脫布衫】小孩兒家口沒遮攔，一味的將言語摧殘。把似你使性子，休思量秀才，做多少好人家風範。紅做拾書科」這「小孩兒家口沒遮攔」出現在《西廂記》第三本第二折，鶯鶯教訓紅娘：別再任性替張生說話，我要寫一封信去拒絕他，讓我好好維持大戶人家女子的風範。此處爲《紅樓夢》的作者曹雪芹所借用、轉化，進而成爲薛寶釵誠心教導林黛玉維護閨範的語境。由此可知《西廂記》一書對曹雪芹創作的具體影響。

九、銀樣蠟槍頭，一語三境界

古往今來，女人對男人最兇悍的辱罵，莫過於李瓶兒朝蔣竹山的狂吼。崇禎本《新刻繡像金瓶梅》第十九回寫道：

初時李瓶兒招贅了蔣竹山，約兩月光景。初時蔣竹山圖婦人喜歡，修合了些戲藥，買了些景東人事、美女思想套之類，實指望打動婦人，不想婦人在西門慶手裡狂風驟雨經過的，往往幹事不稱其意，漸生憎惡，反被婦人把淫器之物，都用石砸的稀碎丟掉了。又說：「你本蝦鱔，腰裡無力，平白買將這行貨子來戲弄老娘，把你當塊肉兒，原來是箇中看不中吃蠟槍頭，死王八！」

「蠟槍頭」一詞是指外表如銀子亮眼，實質卻是用錫焊接而成的。蔣竹山於是成了古來最無用的男子。然而事實上這句話早於《金瓶梅》之前，已出現在元代王實甫的《西廂記》中。此後又為《紅樓夢》所引述，竟成了元明清以來，通俗文本中最經典的罵人話語之一。而在《西廂記》裡，原是紅娘教訓張珙的話。只因張生與小姐偷情的事被老夫人察覺，她拷問紅娘，紅娘倒是勇敢地為這對情侶據理力爭。直到老太太傳喚張生時，張生卻軟弱畏怯，裹足不敢向前，於是引來紅娘奚落。

《西廂記》第四本第二折，老夫人責問女兒：「鶯鶯，我怎生抬舉妳來，今日做這等的勾當；則是我的孽障，待怨誰的是！我待經官來，辱沒了妳父親，這等不是俺相國人家的勾當。罷罷罷！誰似俺養女的不長進！紅娘，書房裡喚將那禽獸來！」紅娘於是去找張生，張生問道：「小娘子喚小生做甚麼？」紅娘說：「你的事發了也，如今夫人喚你來，將小姐配與你哩。小姐先招了也，你過去。」可是張珙害怕，不敢前往：「小生徨恐，如何見老夫人？當初誰在老夫人行說來？」紅娘便唱道：「既然漏怎干休？是我相投首。俺家裡陪酒陪茶倒摑就。你休愁，何須約定通媒媾？我棄了部署不收，你原來『苗而不秀』。呸！你是個銀樣蠟槍頭。」這裡凸顯了小丫頭勇於承當從中牽線的腳色，對照出張生儒弱不堪的形象。而「苗而不秀」典故出自《論語・子罕》：「苗而不秀者有矣夫！秀而不實者有矣夫！」指莊稼出了苗卻沒有開花結果。王實甫於此處引用，意在指責張生先前表現突出，結果卻令人失望。

據此，我們再回顧《紅樓夢》第二十三回，寶玉在桃花底下展開《會眞記》，正看到「落紅成陣」，只見一陣風過，把樹頭上桃花吹下一大半來，落得滿身滿書滿地皆是。寶玉要抖將下來，恐怕腳步踐踏了，只得兜了那花瓣，來至池邊，抖在池內。那花瓣浮在水面，飄飄蕩蕩，竟流出沁芳閘去了。此時黛玉來了，說道：「撂在水裡不好。你看這裡的水乾淨，只一流出去，有人家的地方髒的臭的混倒，仍舊把花遭塌了。那畸角上我有一個花塚，如今把它掃了，裝在這絹袋裡，拿土埋上，日久不過隨土化了，豈不乾淨。」寶玉聽了，喜不自禁，笑道：「待我放下書，幫妳來收拾。」黛玉道：「什麼書？」寶玉見問，慌得藏之不迭，便說道：「不過是《中庸》、《大學》。」黛玉笑道：「你又在我跟前弄鬼。趁早兒給我瞧瞧，好多著呢。」寶玉道：「好妹妹，若論妳，我是不怕的。妳看了，好歹別告訴人去。眞眞這是好文章！妳看了，連飯也不想吃呢。」一面說，一面遞了過去。黛玉把花具且都放下，接書來瞧，從頭看去，越看越愛看，不過一頓飯工夫，將十六齣俱已看完，自覺詞藻警人，餘香滿口。雖看完了書，卻只管出神，心內還默默的記誦。

寶玉笑道：「妹妹，妳說好不好？」黛玉笑道：「果然有趣。」寶玉笑道：「我就是個『多愁多病身』，妳就是那『傾國傾城貌』。」黛玉聽了，不覺帶腮連耳通紅，登時直豎起兩道似蹙非蹙的眉，瞪了兩只似睜非睜的眼，微腮帶怒，薄面含嗔，指寶玉道：「你這該死的胡說！好好的把這淫詞豔曲弄了來，還學了這些混話來欺負我。我告訴舅舅、舅母去。」說到「欺負」兩個字上，早又把眼睛圈兒紅了，轉身就走。寶玉著了忙，向前攔住說道：「好妹妹，千萬饒我這一遭！原是我說錯了。若有心欺負妳，明兒我掉在池子裡，教個癩頭黿呑了去，變個大王八，等妳明兒做了一品夫人、病老歸西的時候，我往妳墳上替妳馱一輩子的碑去。」說得黛玉嗤的一聲笑了。一面揉著眼，一面笑道：「一般也唬得這個調兒，還只管胡說。『呸！原來是苗而不秀，是個銀樣蠟槍頭。』」寶玉聽了，笑道：「妳這個呢？我也告訴去。」黛玉笑道：「你說你會過目成誦，難道我就不能一目十行麼？」

脂硯齋在《庚辰本》第十三回眉批中曾指出：《紅樓夢》「深得《金瓶》壼奧。」而《紅樓夢》受《西廂記》影響之大，也證諸於前述篇章。則《金瓶梅》與《西廂記》便可說是曹雪芹創作的泉源。只不過三部文本各自有其語境，同一句「蠟槍頭」，在《西廂記》裡出現是爲了要表現紅娘替小姐著想，幫助她追求幸福的果敢意志；在《金瓶梅》就是爲了體現李瓶兒長期欲求不滿，以及太過於思念西門慶的愁煩；到了《紅樓夢》則是爲了打造出寶、黛初嘗愛情滋味，開始享受擁有共同祕密的甜蜜時光。同一句話分別運用在三大文學鉅著中，而能夠分別呈現出迥異的生活語境，足見民間俗諺自有其特殊的語言魅力。

十、男性肚兜裡藏著女子的占有慾

《紅樓夢》成書過程有借鏡於《西廂記》等處，已見前述。而事實上，直到《西廂記》最後一本，都還可見《紅樓夢》與之互文的現象。第二十八回，賈寶玉赴馮紫英家宴，雖僅是短暫離別了林妹妹，卻也敵不過相思情，於是口中吟唱了〈紅豆詞〉。而詞中最集中描繪林黛玉的情態便在於她日常裡總忘不了「新愁與舊愁」，於是那展不開的眉黛顰皺反映出黛玉重重的心事，就像是「遮不住的青山隱隱，流不斷的綠水悠悠」。如此優美的寫人寫情之文，其實也源自《西廂記》。劇本第五齣第一折寫張生赴京趕考途中，患了嚴重的相思病：「【商調集賢賓】雖離了我眼前，卻在心上有；不甫能離了心上，又早眉頭。忘了時依然還又，惡思量無了無休。大都來一寸眉峰，怎當他許多顰皺。新愁近來接著舊愁，廝混了難分新舊。舊愁似太行山隱隱，新愁似天塹水悠悠。」這一折戲同時將場景切換至崔鶯鶯的閨闥，讓我們看到她：「掛金索裙染榴花，睡損胭脂皺；紐結丁香，掩過芙蓉扣；線脫珍珠，淚濕香羅袖；楊柳眉顰，人比黃花瘦。」

直到張生終於來信，鶯鶯便急急捎些禮物回覆，其中除了汗衫一領，襪兒一雙，瑤琴一張，玉簪一枚，斑管一枝。還有一件私密的「裹肚」。古代女子贈與情郎親手繡製的裹肚，是要讀者進一步看懂兩人關係實際上已到達如何親密程度！《紅樓夢》第三十六回花襲人爲賈寶玉繡一件鴛鴦裹肚，就是明證，而且這一幕景象還是透過薛寶釵、林黛玉和史湘雲三位與寶玉關係密切的女主角眼中親見來具體展現的。足見襲人與寶玉的關係，實比三人更親密。

當日寶釵轉過十錦隔子，來至寶玉的房內，見寶玉在床上睡著了，襲人坐在身旁，手裡做針線，旁邊放著一柄白犀麈。寶釵瞧著襲人手裡的針線，原來是個白綾紅裡的兜肚，上面扎著鴛鴦戲蓮的花樣，紅蓮綠葉，五色鴛鴦。寶釵道：「噯喲，好鮮亮活計！這是誰的，也值得費這麼大工夫？」襲人向床上努嘴兒。寶釵笑道：「這麼大了，還帶這個？」襲人笑道：「他原是不肯帶，所以特特的做得好了，叫他看見由不得不帶。如今天氣熱，睡覺都不留神，哄他帶上了，便是夜裡縱蓋不嚴些兒，也就不怕了。妳說這一個就用了工夫，還沒看見他身上現帶的那一個呢！」

女人的深情藏在為男人裁製的肚兜裡，我們可循此再回顧《金瓶梅》第八回，那時潘金蓮給西門慶過生日，她一邊吩咐迎兒，將預先安排上壽的酒肴整理停當，拿到房中，擺在桌上。同時在箱中取出贈禮，用托盤盛著，擺在壽星的面前，讓西門慶觀看。這些禮物都是潘金蓮親手製作的，「有一雙黑色緞子鞋；一雙繡線滾香草邊闌，上面松竹梅歲寒三友深褐色緞子護膝；一條紗綠潞綢、水光絹紫線繡帶兒，裡面裝著乾燥的排草與玫瑰花的香氛兜肚；還有一支並頭蓮瓣髮簪兒。簪兒上鐫著五言：『奴有並頭蓮，贈與君關髻。凡事同頭上，切勿輕相棄。』西門慶一見滿心歡喜！一手把金蓮摟過來，親了個嘴……。」

潘金蓮送給西門慶的許多禮物中，有一件特製的香氛男性內衣，用上等潞州綢緞縫製肚兜，內袋裡承裝著幾片乾燥的排香和玫瑰花瓣。這件內衣穿在身上，西門慶必定能從一陣陣玫瑰花清新的香氣中，感受到潘金蓮濃濃的愛意。若問女子為何執意要她的男人穿上自己送的裹肚？那還是《西廂記》裡崔鶯鶯的回答最直接：「【梧葉兒】他若是和衣臥，便是和我一處宿；但貼著他皮肉，不信不想我溫柔。紅娘問：這裹肚要怎麼？鶯鶯便唱道：則不要離了前後，守著他左右，緊緊的繫在心頭。」亦即宣示在情愛世界裡，女性強烈的占有慾。

本章針對《紅樓夢》與《西廂記》共十項互文處進行文句的排比對照，進而分析其間語境的轉換與修辭的多義性。從中我們發現《紅樓夢》文本意義的構成中，有很大一部分來自《西廂記》的借用與轉譯。在跨文本的互動解讀中，又使我們看到《紅樓夢》裡滲透著與前代諸多文本不斷對話的巨大文學場域。循此，我們可以重新開啓解讀《紅樓夢》的新扉頁，以地毯式的搜尋，進一步深度探索其繁複多元的文學意涵。

第二章

綠柳垂金鎖，青山列錦屏

清初劇作家洪昇所著《長生殿》曾將歷來傳頌不絕的「李楊愛情故事」發揮到新的高度。其整部書開宗明義問道：「今古情場，問誰個眞心到底？」如果我們從唐明皇與楊貴妃的結局來省思這個問句，能教多少人感慨萬端？人生一世，遇到「情」字當關，唯一的願望只在精誠不散，使有情人終成連理，那麼即使萬里相隔、生死兩分，也無憾了。可悲的是，人間兒女緣慳情淺，能夠感金石、回天地的愛情，似乎只能在戲臺上展演，有時竟然連在戲臺上，都僅見虛幻一場。《長生殿》的作者說：「看臣忠子孝，總由情至。」歷來所有經典文學能感動人心的，唯因譜寫了眞情。而他之所以欲借〈楊太眞外傳〉譜新詞，其背後眞正的書寫動機：「情而已。」

「情」之作爲書寫動機，至《紅樓夢》則又是一場集中火力的噴薄之作。全書最重要的綱領在第五回，故事寫道賈寶玉在夢中隨了警幻仙姑至一所在。此處有石牌橫建，上書「太虛幻境」四個大字。一旦轉過牌坊，又赫然看見宮門上橫書另四個大字：「孽海情天」。則《紅樓夢》的作者以「情」爲中軸來鋪陳故事，乃是一個不爭的事實。果不其然，「孽海情天」底下確有一副對聯，書云：「厚地高天，堪嘆古今情不盡；癡男怨女，可憐風月債難償。」賈寶玉站在這副匾額底下，動起心思來：「不知何爲『古今之情』，又何爲『風月之債』？從今倒要領略領略。」從事他就把「情」之一字放在了心上。

這一夢醒來，更確立了新的人生軌道，而賈寶玉生命中所不能承受之「輕」，便在於「情」。他永恆的指引夢境的愛人秦可卿，諧音便是「情可輕」。正當人們以爲感情看不見、摸不著，隨時可以輕忽的同時，它卻突如其來重重壓在我們的心頭上。重到可以作爲《紅樓夢》全書的宗旨。曹雪芹說：「大旨談情」，可見「情」之分量怎容小覷？

而當日空空道人站在大頑石下，將這部書從頭至尾，一字一句抄錄下來，便產生了異樣的領悟。從此空空道人因空見色，由色生情，傳情入色，自色悟空，他已深刻感受到這部書的唯一關鍵詞就在「情」。於是易名爲情僧，改《石頭記》爲《情僧錄》。

曹雪芹與洪昇兩人不過相差七十歲，乃同一時代人。同一時代兩大作家相繼以「情」爲文本核心，抒發生命中最美的故事，我們於是找到了解讀這兩部文學經典的同一把金鑰，從而展開跨越小說與戲曲兩大領域的深度探索之旅！

一、愛慾的潛流——〈長恨歌〉、《長生殿》到《紅樓夢》

當日賈寶玉極願意在秦可卿的臥房裡午睡，完全是爲了一幅畫——「海棠春睡圖」。那秦氏屋裡的老嬤嬤原本還有意見呢！「那裡有個叔叔往侄兒房裡睡覺的禮？」秦氏因寶玉還小，所以並不放在心上，她笑道：「噯喲喲！不怕他惱。他能多大了，就忌諱這些個？上月妳沒看見我那個兄弟來了，雖然與寶叔同年，兩個人若站在一處，只怕那個還高些呢。」秦可卿恐怕沒有想到，寶玉在她這裡睡一覺，醒來竟轉成大人了！

原來這秦氏房中有一股細細的甜香，寶玉聞到了便覺得眼餳骨軟，連說：「好香！」入房向壁上看時，有唐伯虎畫的「海棠春睡圖」，兩邊有宋學士秦太虛寫的一副對聯，其聯云：「嫩寒鎖夢因春冷，芳氣籠人是酒香。」接著是一連串玄妙離奇的室內陳設：那案上設著武則天當日鏡室中設的寶鏡，一邊擺著飛燕立著舞過的金盤，盤內盛著安祿山擲過，傷了太眞乳的木瓜。這裡所提到的楊太眞便與牆上的「海棠春睡圖」相互輝映！

此外，秦可卿的臥房裡還有壽昌公主於含章殿下臥的榻，懸的是同昌公主製的漣珠帳。寶玉含笑連說：「這裡好！」秦氏笑道：「我這屋子，大約神仙也可以住得了。」說著親自展開了西子浣過的紗衾，移了紅娘抱過的鴛枕。於是，眾奶母伏侍寶玉臥好，款款散了，只留襲人、媚人、晴雯、麝月四個丫鬟爲伴。秦氏便吩咐小丫鬟們，好生在廊檐下看著貓兒狗兒打架。這麼香豔旖旎的臥房，主畫面「海棠春睡圖」便是出自《長生殿》第四齣〈春睡〉，我們只要細細地品讀這一段戲文，便能夠在腦海裡勾勒出賈寶玉眼前的畫面：「夢回初，春透了，人倦懶梳裹。欲傍妝臺，羞被粉脂涴。」楊貴妃春日裡感到睏倦，她的丫鬟們便在風簾下熏香，伺候貴妃午睡。而貴妃的夢裡盡是春天的海棠花：「海棠春流鶯窗外啼聲巧，睡未足，把人驚覺。……宿酲未醒宮娥報，試問海棠花，昨夜開多少？」這海棠花日後也成爲曹雪芹創作《紅樓夢》的靈感泉源，他在賈寶玉的生活場域怡紅院裡，種植了珍貴的西府海棠，這美好的花樹即成爲賈寶玉一生華麗夢境的入口。

讓我們再回到《長生殿》，那性格溫柔，姿容豔麗的楊玉環此時這麼愛睏，乃是因爲蒙聖眷夜夜恩寵，「昨宵侍寢西宮，未免雲嬌雨怯。」因此今日晌午時分，還覺得身體睏乏。「〈旦作倦態，欠伸介〉〈老、貼扶貼介〉娘娘，恁懨懨，何妨重就衾窩。〈旦〉也罷，身子困倦，且自略睡片時。永新、念奴，與我放下帳兒。正是：『無端春色熏人因，纔起梳頭又欲眠。』〈睡介〉」這是《長生殿》的作者洪昇將唐代白居易〈長恨歌〉所云：「承歡侍宴無閒暇，春從春遊夜專夜。後宮佳麗三千人，三千寵愛在一身。」轉化寫入自己的劇作中。我們不妨再偷偷窺視楊貴妃宮裡兩僕人的對話：「〔老〕萬歲爺此時不進宮來，敢是到梅娘娘那邊去麼？〔貼〕姐姐，妳還不知道，梅娘娘已遷置上陽樓東了！〔老〕哦，有這等事！〔貼〕永新姐姐，這幾日萬歲爺專愛楊娘娘，不時來往西宮，連內侍也不教隨駕了。我與妳須要小心伺候。」

然而楊貴妃才剛剛被伺候睡下，唐明皇又進來了！「欣可，後宮新得嬌娃，一日幾摩挲！〔生作進，老、貼見介〕萬歲爺駕到。娘娘剛纔睡哩。〔生〕不要驚她。〔作揭帳介〕試把綃帳慢升，龍腦微聞，一片美人香和。〔瞧科〕愛她，紅玉一團，壓著鴛衾側臥。〔老、貼背介〕這溫存怎不占了風流高座！前腔〔換頭〕〔旦作驚醒低介〕誰個？驀個揭起鴛幃，星眼倦還挪。〔作坐起，摩眼、撩鬢介〕〔生〕早則淺淡粉容，消褪唇朱，掠削鬢兒欹矬。〔老、貼作扶旦起，旦作開眼復閉，立起又坐倒〕〔生〕憐她，侍兒扶起腰肢，嬌怯怯難存難坐。〔老、貼扶旦坐介〕〔生扶住介〕恁朦騰，且索消詳停和。」

《長生殿》裡最香豔多情的海棠春睡一景，脫胎自〈長恨歌〉，此後又爲曹雪芹所轉化引用在《紅樓夢》的第五回，那影響賈寶玉至深的太虛幻夢裡。因警幻仙姑欲將妹妹許配給賈寶玉，便說道：「今夕良時，即可成姻。不過令汝領略此仙閨幻境之風光尚然如此，何況塵境之情景哉！而今後萬萬解釋，改悟前情，將謹勤有用的工夫，置身於經濟之道。」說畢，祕密授給賈寶玉男女雲雨之事，然後推寶玉入帳，將門掩上自去。於是寶玉恍恍惚惚，依照警幻所囑之言，行陽臺、巫峽之事。接連數日，柔情繾綣，軟語溫存，竟在夢中與秦可卿難解難分……。

自古情人同一夢，癡也罷，迷也罷，總算是無怨無悔。在這場「海棠睡未足」的幻境中，最聰明的還是大作家，他們能從經典文獻中掘取養分來豐厚自己的閱讀與創作，於是讓我們往往沉潛在新作品中，卻依舊能回味著古典的無窮魅力！

二、妃子的妒悍——薛寶釵與楊家姐妹們

太過於相愛的兩個人，很容易起衝突。戀人之間沒有爭吵，基本上是不可能的。若是換成了不相干的路人，我們也懶得費勁和他過不去，因爲根本不在乎。而情侶之間就是因爲太在乎，才會讓一顆心七上八下，永不安寧！

宋人傳奇樂史所撰〈楊太眞外傳〉記載：「五載七月，妃子以妒悍忤旨。乘單車，令高力士送還楊宅。及亭午，上思之不食，舉動發怒。」貴妃不在宮殿的這小半天裡，皇上還眞的發怒打死了幾個人。不久，高力士試探皇上的旨意，給楊家送來了宮人衣物，以及米麵酒饌等。光是這些小物品，就裝滿了一百多輛車！楊家闔府上下人等只能一會兒哭一會兒笑，還丈二金剛，弄不清楚究竟發生了什麼事？不過這也說明了一個現象，兩情若是恩愛濃，就沒有什麼過不去的關卡。反之，若是愛情消退了，任何一個小小的問題，都能導致徹底的仳離。

而李、楊之所以發生衝突的箇中原由，還得由六百多年後的大劇作家洪昇來說清楚。他也並非探究了什麼重大的歷史眞相，而是透過一個「情」字來抒發這兩人心中至深的愛意。前文本其實已經透露了一個關鍵點，亦即書中所云：「妒悍」。《長生殿》第五齣〈褉游〉出現了楊家幾位夫人中最有資格爭寵的人物——虢國夫人。她的美，是很特殊的，唐朝詩人杜甫只用一句話來形容：「淡掃蛾眉朝至尊。」在雍容華貴的時尚主流中，突然出現了一位「淡極始知花更豔」的女子，她不施脂粉，傲然素面朝天，這份淡雅、自然和自信，就像是《紅樓夢》裡薛寶釵引白海棠而自詠的題詩；而所謂「淡掃蛾眉」則更像是《紅樓夢》裡描寫林黛玉如一縷輕煙般的「罥煙眉」。洪昇引述了杜甫的詩句，也許更貼切地反映出清代的女性審美意識。

虢國夫人與楊貴妃的不同美感，令唐明皇目眩神迷！這般環肥燕瘦、各有千秋，又互相爭寵，表現「妒悍」的情節，其實也出現在同時代的《紅樓夢》裡。被指名樣態像楊貴妃的薛寶釵，很罕見地發洩出了她嫉妒的心態與兇悍的一面！可與《長生殿》中楊家姐妹的情態，相互映襯。小說第三十回「寶釵借扇機帶雙敲」，話說賈寶玉剛剛哄得林黛玉回心轉意，卻又怕未及趕赴薛蟠的壽宴而得罪了薛寶釵，因此藉口說自己身體不舒服，又找機會和薛寶釵搭訕說道：「姐姐怎麼不看戲去？」寶釵道：「我怕熱，看了兩齣，熱得很。要走，客又不散。我少不得推身上不好，就來了。」寶玉聽說，自己由不得臉上沒意思，只得又搭訕笑道：「怪不得他們拿姐姐比楊妃，原也體豐怯熱。」寶釵聽說，不由得大怒，待要怎樣，又不好怎樣。回思了一回，臉紅起來，便冷笑了兩聲說道：「我倒像楊妃，只是沒一個好哥哥好兄弟可以作得楊國忠的！」寶釵甚至於把怒氣牽連到找扇子的靛兒身上，她厲聲說道：「妳要仔細，妳見我和誰玩過，有和妳素日嘻皮笑臉的那些姑娘們，妳該問他們去！」

一頓話讓寶玉自知又造次了，當著許多人，更比才在林黛玉跟前更不好意思。而黛玉剛聽見寶玉奚落寶釵，心中著實得意，才要搭言，也趁勢取個笑，不想靛兒因找扇子，寶釵又發了兩句話，她便改口笑道：「寶姐姐，妳聽了兩齣什麼戲？」寶釵因見黛玉面上有得意之態，一定是聽了寶玉方才奚落之言，遂了她的心願，便笑道：「我看的是李逵罵了宋江，後來又賠不是。」寶玉心直口快便笑道：「姐姐通今博古，色色都知道，怎麼連這一齣戲的名字也不知道？就說了這麼一串子。這叫《負荊請罪》。」寶釵笑道：「原來這叫做《負荊請罪》！你們通今博古，才知道『負荊請罪』，我不知道什麼是『負荊請罪』！」一句話未說完，寶玉、黛玉二人聽了這話早把臉羞紅了。

薛寶釵平時壓抑得很深，極少出現像這樣「妒悍」的情態。而女子之間的明爭暗奪、勾心鬥角，其實也同樣精彩地呈現在《長生殿》裡。第七齣〈幸恩〉，韓國夫人在輕快的春風裡，心情很好地說道：「前日裴家妹子獨承恩幸。我約柳家妹子，同去打覷一番。不料她氣的病了，因此獨自前去。」可見秦國夫人爭不過虢國夫人，早已經氣得生病了！而韓國夫人一則幸災樂禍；此外也爲了打聽消息，所以她一見到虢國夫人，便連忙道賀：「妹妹喜也。」

〔貼〕有何喜來？〔老旦〕邀殊寵，一枝已傍日邊紅。〔貼作羞介〕姊姊，說那裡話！我進離宮，也不過杯酒相陪奉，湛露君恩內外同。〔老旦笑介〕雖則一般賜宴，外邊怎及裡邊？休調哄，九重春色偏知重，有誰能共？〔貼〕有何難共？

韓國夫人進一步想知道，如今落了下風的楊貴妃，近況如何？於是她問道：

我且問妳，看見玉環妹妹，在宮裡光景如何？

〔滿園春〕〔貼〕春江上，景融融。催侍宴，望春宮。那玉環妹妹呵，新來倚貴添尊重。〔老旦〕不知皇上與她怎生恩愛？〔貼〕春宵裡，春宵裡，比目兒和同。

她們姐妹都知道自己爭不過楊玉環，所以背地裡的閒話也不少。

〔老旦〕難道一些不覺？〔貼〕只見玉環妹妹的性兒，越發嬌縱了些。細窺他個中，漫參他意中，使慣嬌憨。慣使嬌憨，尋瘢索綻，一謎兒自逞心胸。

韓國夫人算是打聽到了一些不爲人知的細節，眼睛出了虢國夫人的預感。因此背地裡想著：

〔老旦起，背介〕細聽裴家妹子之言，必有緣故。細窺他個中，漫參他意中，使恁驕嗔。恁使驕嗔，藏頭露尾，敢別有一段心胸！

果然楊貴妃被遣出宮的消息一出，韓國夫人與虢國夫人簡直喜出望外！立刻相約一同探視楊玉環。

〔末上〕「意外聞嚴旨，堂前報貴人。」〔見介〕稟夫人，不好了。貴妃娘娘忤旨，聖上大怒，命高公公送歸丞相府中了。〔老旦驚介〕有這等事！〔貼〕我說這般心性，定然惹下事來。〔老旦〕雖然如此，我與妳姊妹之情，且是關係大家榮辱，須索前去看她才是！〔貼〕正是，就請同行。

楊貴妃知道姐姐們正是來看笑話的！因此說不上兩句話就不管不顧逕自回房去了。留下兩位姐姐一陣酸言酸語。劇本第八齣〈獻髮〉：

〔貼〕姊姊，妳看這個樣子，如何使得？〔老旦〕正是，我每特來看她，她心上有事，竟自進房去了。妹子，妳再到望春宮時，休要學她。〔貼羞介〕啐！

洪昇刻劃了楊家姊妹們的心理：虢國夫人偶爾承受了一次恩寵，自己還沒回過神來，先把秦國夫人給氣病了。而韓國夫人雖然表面是來道喜的，話語中就含著嫉妒的譏諷。楊貴妃是因爲虢國夫人的緣故，才被唐明皇遣送出宮的，她的心事和苦楚又怎麼能夠向這些虛情假意的姐姐們訴說呢？

在《紅樓夢》裡，擅長酸言酸語的林黛玉，她的敏感有時也是精準。「滴翠亭」一回，黛玉已被陷害得體無完膚，卻還怪自己多心，總以爲薛寶釵「心裡藏奸」。清代評點家張新之是旁觀者，他很擔心林黛玉：「卿卿即蛇，終必被咬。」單看薛寶釵語帶雙關嚴詞損人的話鋒，如此老辣！便可體會她當時的心態也很不平衡。因此容易出口傷人！而小說家和劇作家最擅長的就是去捕捉這些失衡的狀態，透過唯妙唯肖的描述，讓我們深刻感受到劇情的張力，以及人性的弱點。

三、貴妃回娘家——從《長生殿》到《紅樓夢》

《長生殿》裡的楊貴妃與《紅樓夢》中的賈元妃，都曾因特殊理由而回娘家，這實在是後宮史上非常罕見的現象！楊貴妃回娘家的原因始自三月三日春遊間，皇帝令虢國夫人乘馬入宮，安祿山見了就說：「唐天子，唐天子！你有了一位貴妃，又添上這幾個阿姨，好不風流也！」這件事使得楊貴妃醋勁大發！與唐明皇發生齟齬，於是皇帝派單車遣她回楊家。至於《紅樓夢》裡的賈元春則是在其父親賈政生日當天，晉封為皇妃。賈政入宮之後，管家賴大回來報信：「小的們只在臨敬門外伺候，裡頭的信息一概不能得知。後來還是夏太監出來道喜，說咱們家大小姐晉封為鳳藻宮尚書，加封賢德妃。後來老爺出來亦如此吩咐小的。如今老爺又往東宮去了，速請老太太領著太太們去謝恩。」賈元春不僅晉封為賢德妃，還受寵恩賜歸寧省親。這個消息出現在小說同一回稍後賈璉、王熙鳳夫妻倆與趙嬤嬤餐桌上的對話：

> 鳳姐道：「才剛老爺叫你說什麼？」賈璉道：「就為省親。」鳳姐忙問道：「省親的事竟准了不成？」賈璉笑道：「雖不十分准，也有八分准了。」鳳姐笑道：「可見當今的隆恩。歷來聽書、看戲，古時從來未有

的。」趙嬷嬷又接口道：「可是呢，我也老糊塗了。我聽見上上下下吵嚷了這些日子，什麼省親不省親，我也不理論它去；如今又說省親，到底是怎麼個原故？」賈璉道：「如今當今貼體萬人之心，世上至大莫如『孝』字，想來父母兒女之性，皆是一理，不是貴賤上分別的。當今自爲日夜侍奉太上皇、皇太后，尚不能略盡孝意，因見宮裡嬪妃才人等皆是入宮多年，以致拋離父母音容，豈有不思想之理？……因此二位老聖人又下旨意，說椒房眷屬入宮，未免有國體儀制，母女尚不能愜懷。竟大開方便之恩，特降諭諸椒房貴戚，除二六日入宮之恩外，凡有重宇別院之家，可以駐蹕關防之處，不妨啓請內廷鑾輿入其私第，庶可略盡骨肉私情、天倫中之至性。此旨一下，誰不踴躍感戴！現今周貴人的父親已在家裡動了工了，修蓋省親別院呢。又有吳貴妃的父親吳天祐家，也往城外踏看地方去了。這豈不有八九分了？」

楊妃因失寵而回娘家；元妃卻因得寵而歸寧省親，在虛構文體的背後，我們可以進一步查閱正史，原來有清一朝二百六十八年間，並沒有任何一位後宮娘娘回家省親。直到清朝滅亡，才有端康皇貴太妃於一九二四年，因其母親七十大壽而回家省親。就在同一年，末代皇帝溥儀被趕出了紫禁城。

至於在新、舊兩唐書和《資治通鑒》中所記載的楊玉環出宮，一共有兩次。第一次是天寶五年，也就是楊玉環冊立爲貴妃的第二年。據《資治通鑒》記載：楊貴妃「妒悍不遜」，因此被趕回娘家。也許當時楊貴妃過於驕縱，連皇帝都敢反抗頂嘴，於是李隆基把她趕回楊家。《舊唐書》指出：「貴妃以微譴送歸」，如此看來她是犯了點小錯，而李隆基也因爲過度思念貴妃，吃也吃不下，還遷怒下人，這一幕《長生殿》第九齣〈復召〉中，有形象化的描述：

> 思伊，縱有天上瓊漿，海外珍饈，知他甚般滋味！除非可意立向跟前，方慰調饑。〔淨扮內監上〕尊前綺席陳歌舞，花外紅樓列管弦。〔見跪介〕請萬歲爺沉香亭上飲宴，聽賞梨園新樂。〔生〕哇，說甚沉香亭，好打！〔淨叩頭介〕非干奴婢之事，是太子諸王，說萬歲爺心緒不快，特請消遣。〔生〕哇，我心緒有何不快！叫內侍。〔內侍應上〕〔生〕揣這廝去打一百，發入惜薪司當火者去。〔內侍〕領旨。〔同揣淨下〕〔生〕內侍過來。〔內侍應上〕〔生〕著你二人看守宮門，不許一人擅入，違者重打。〔內侍〕領旨。〔作立前場介〕〔生〕唉，朕此時有甚心情，還去聽

歌飲酒。

皇帝連連打了許多進膳的人，還不見息怒。於是高力士從中緩頰，讓楊貴妃回來認錯。李隆基也頓時不再追究：

〔生扶旦起介〕寡人一時錯見，從前的話，不必再提了。〔旦泣起介〕萬歲！〔生攜旦手與旦拭淚介〕

而楊貴妃第二次被趕出宮是在天寶九年，《新唐書》記載：「出入宮掖，恩寵聲焰震天下。每命婦入班，持盈公主等皆讓不敢就位，建平、信成二公主以與妃家忤，至追內封物，駙馬都尉獨孤明失官。」楊家人權勢薰天，氣焰高漲！連皇帝的親妹妹在三位夫人面前都不敢就座，而唐玄宗的女兒建平、信成兩位公主因與楊家人失和，竟使駙馬丟了官職。唐玄宗於是再次把楊貴妃趕回娘家，藉此滅滅楊家人的威風，滅卻朝野之間的閒話。

此外，出自五代十國時期的〈楊太眞外傳〉也曾繪聲繪影地指稱楊玉環偷玩李隆基的哥哥李憲的紫玉笛，爲此她又被趕回家了：

九載二月，上舊置五王帳，長枕大被，與兄弟共處其間。妃子無何竊寧王紫玉笛吹。因此又忤旨，放出。

當時有官員向皇帝建言，於是貴妃再度被迎回後宮：

時吉溫多與中貴人善，國忠懼，請計於溫。遂入奏曰：「妃，婦人，無智識。有忤聖顏，罪當死。既蒙嘗恩寵，只合死於宮中。陛下何惜一席之地，使其就戮，安忍取辱於外乎？」

相較於楊貴妃的失寵回娘家；《紅樓夢》裡的元妃娘娘之得寵而回娘家，亦有其正史爲背景。《甲戌本》脂評曰：「借省親事寫南巡，出脫心中多少憶昔感今。」康熙南巡乘船到蘇州，這一點與元妃回到賈家後乘船遊園很相似。而元妃省親過程中，欽點了戲劇的演出：

少時，太監出來，只點了四齣戲：第一齣〈豪宴〉，第二齣〈乞巧〉，第三齣〈仙緣〉，第四齣〈離魂〉。

而在正式紀錄中，康熙下江南時，看戲也是一大重點：

上曰：「不必用你的，叫朕長隨來煮。這裡有唱戲的麼？」工部曰：「有。」立刻傳三班進去，叩頭畢，即呈戲目，隨奉親點雜出。戲子稟長隨曰：「不知宮內體式如何？求老爺指點。」長隨曰：「凡拜要對皇爺拜，轉場時不要將背對皇爺。」上曰：「竟照你民間做就是了。」隨演〈前訪〉、〈後訪〉、〈借茶〉等二十齣，已是半夜矣。上隨起，即在工部衙內安歇。

可知康熙皇帝對於崑曲的興致很高！一看看到大半夜，就隨意在工部衙門內安歇，以致延遲了第二天的行程。

次日皇爺早起，問曰：「虎丘在那裡？」工部曰：「在閶門外。」上曰：「就到虎丘去。」祁工部曰：「皇爺用了飯去。」因而就開場演戲，至日中後，方起馬。

到了康熙二十八年（一六八九年）春，皇帝再度南巡。途經江蘇寶應縣，船隊停泊在運河碼頭。皇上聽說因河工一事，中蜚語而罷歸的前翰林編修喬萊，如今在縱棹園蓄家伶，以聲色自娛。即召喬萊帶領戲班至行在演出。當天劇目是喬萊親自編導的《耆英會傳奇》。寫北宋神宗年間，王安石主政變法，呂惠卿等人竭力擴張權力，與王安石分庭抗禮，最終爲新、舊人士所不恥。喬萊這齣戲是藉司馬光在黨爭中落了下風來自比，以諷刺當時的某些執政者。演出得到玄燁稱賞，恩賜主角管六郎銀項圈一隻，自此喬萊家班即有「賜金班」之盛名。

以康熙皇帝對崑曲的熱衷來解讀元妃娘娘歸寧省親的觀戲行程，亦可以理解脂硯齋所謂：「借省親事寫南巡」。家班的戲演得好！在《紅樓夢》中，貴妃也是有賞賜的：

> 剛演完了，一個太監托著一金盤糕點之屬進來，問：「誰是齡官？」賈薔便知是賜齡官之物，連忙接了，命齡官叩頭。太監又道：「貴妃有諭，說：『齡官極好，再做兩齣戲，不拘哪兩齣就是了。』」

至於曹寅接駕的盛況，《紅樓夢》第十六回裡的對話，也說得很清楚：

趙嬷嬷道：「阿彌陀佛！原來如此。這樣說，咱們家也要預備接咱們大小姐了。」賈璉道：「這何用說呢！不然，這會子忙的是什麼？」鳳姐笑道：「若果如此，我可也見個大世面了。可恨我小幾歲年紀，若早生二三十年，如今這些老人家也不薄我沒見世面了。說起當年太祖皇帝仿舜巡的故事，比一部書還熱鬧，我偏沒造化趕上。」趙嬷嬷道：「嗳喲喲，那可是千載希逢的！那時候我才記事兒，咱們賈府正在姑蘇揚州一帶監造海舫，修理海塘，只預備接駕一次，把銀子都花的淌海水似的！說起來……」鳳姐忙接道：「我們王府也預備過一次。那時我爺爺單管各國進貢朝賀的事，凡有的外國人來，都是我們家養活。粵、閩、滇、浙所有的洋船貨物都是我們家的。」

趙嬷嬷道：「那是誰不知道的？如今還有個口號兒呢，說『東海少了白玉床，龍王來請江南王』，這說的就是奶奶府上了。還有如今現在江南的甄家，嗳喲喲，好勢派！獨他家接駕四次，若不是我們親眼看見，告訴誰誰也不信的。別講銀子成了土泥，憑是世上所有的，沒有不是堆山塞海的，『罪過』『可惜』四個字竟顧不得了。」

此處也提到了「接駕的勢派」，可知元妃回娘家，實際上是暗指康熙下江南，而且皇上直接住在自己的保母一品夫人孫氏的家中，所以《紅樓夢》中特別透過同樣具有保母身分的趙嬤嬤來回憶這段過往，這樣的寫作設計，也堪稱巧妙！而孫氏即是曹雪芹的祖父曹寅的母親。同時曹寅與《長生殿》的作者洪昇關係很好。康熙四十三年五月，曹寅曾親迎洪昇至南京，並廣邀江南風雅人士前往江寧織造府，觀賞全本《長生殿》，這齣戲演了三天三夜，五十折才得以全部演完，並且一時之間傳為佳話。可知曹家人對於《長生殿》這齣戲的熱愛與熟稔！日後曹雪芹撰寫《紅樓夢》，欲寫出祖輩當年接駕的盛況，於是從貴妃回娘家入手，除了極力比擬皇家的行程，《長生殿》中楊貴妃回府的故事大約也給予曹雪芹很大的啓發及影響。

四、縊死馬嵬坡・淫喪天香樓——兒媳的命運

楊玉環原本是李隆基的兒媳，這一段亂倫的翁媳戀，最終以楊貴妃縊死於馬嵬坡收場；《紅樓夢》前八十回中，上吊自縊的兒媳是秦可卿，其原因正是她與公公賈珍的戀情曝光！這是《紅樓夢》與《長生殿》另一段神似的情節。

《舊唐書．后妃傳》記載：「或奏玄琰女姿色冠代，宜蒙召見。時妃衣道士服，號曰太眞。」這段話事實上已經迴避了楊氏是唐玄宗第十八子壽王李瑁之妻的事實。自開元二十五年（七三七年）十二月唐玄宗的寵妃也是壽王的生母武惠妃去世後，唐玄宗過了三年鬱鬱寡歡的日子。當時駙馬都尉楊洄提醒高力士尋機向玄宗進言。根據《新唐書．后妃傳》所載：楊氏「姿質天挺，宜充掖廷」，於是唐玄宗有意召楊氏入後宮。《新唐書》稱：開元二十八年（七四〇年）十月玄宗以爲母親竇太后祈福爲理由，敕書壽王妃楊氏出家爲女道士，號太眞。

天寶十四載（七五五年）十一月初九，幽州安祿山、史思明以討伐楊國忠爲由，發動安史之亂。安祿山於六月初九攻入潼關，唐玄宗與六月十二棄長安，出走四川。十五日來馬嵬坡驛站（今陝西興平市），突然發生兵變。士兵蜂擁將楊國忠寸斬，又逼唐玄宗賜死國忠堂妹楊貴妃。如今無論從正史或野史中，俱不見楊貴妃個人有任何惡行。因此流傳於後世的戲曲、小說、詩詞，皆多有憐惜之意。史書記載其「姿質豐豔，善歌舞，通音律」，她的愛情故事、音樂歌舞與才華，甚至流播日本，爲平安王朝時期《源氏物語》等經典名著，提供了基本的敘事架構與文化內涵。

楊貴妃本人除了亂倫一事，生平鮮有重大過錯。《紅樓夢》第一美人秦可卿亦是如此。小說寫她的死亡是在第十三回，當時王熙鳳一夢驚醒，只聽二門上傳事雲板連叩四下，乃是喪音，人回：「東府蓉大奶奶沒了！」鳳姐聞聽，嚇了一身冷汗，出了一回神，只得忙忙的穿衣，往王夫人處來。秦可卿的死亡，乃突發事件，但因為她實在是個好人，在眾人眼中沒有過錯，在老太太跟前更是個得力的人。因此舉家對她的突然過世，除了感到疑心之外，還有很大程度的傷心！書中寫道：「彼時合家皆知，無不納罕，都有些疑心。那長一輩的想她素日孝順，平一輩的想她素日和睦親密，下一輩的想她素日慈愛，以及家中僕從老小想她素日憐貧惜賤、慈老愛幼之恩，莫不悲嚎痛哭者。」

秦可卿的暴亡，雖然現行版本已為曹雪芹所修改，但是在第五回及第十三回中，作者仍留有許多蛛絲馬跡，供我們對於她的死亡事件，再三尋味與循跡。當日寶玉夢中所見《金陵十二釵正冊》最後詩後又畫一座高樓，上有一美人懸梁自盡。其判云：

「情天情海幻情身，情既相逢必主淫。漫言不肖皆榮出，造釁開端實在寧。」判詞中暗藏了寧國府的淫亂之事，與美人懸梁的畫面，實互為表裡。此外，小說第十三回在秦可卿的喪事中，又出現了奇特的現象，首先是婆婆尤氏稱病不出。爾後眾人只見秦氏的公公賈珍哭得淚人一般，他和賈代儒等說道：「合家大小，遠近親友，誰不知我這媳婦比兒子還強十倍！如今伸腿去了，可見這長房內絕滅無人了！」說著，又哭起來。眾人勸道：「人已辭世，哭也無益，且商議如何料理要緊。」賈珍拍手道：「如何料理！不過儘我所有罷了！」於是賈珍眞個恣意奢華！看板時，幾副杉木板皆不中意。可巧薛蟠來弔，因見賈珍尋好板，便說：「我們木店裡有一副板，說是鐵網山上出的，作了棺材，萬年不壞的。這還是當年先父帶來的，原係忠義親王老千歲要的，因他壞了事，就不曾用。現在還封在店裡，也沒有人買得起。你若要，就抬來看看。」

賈珍聽說甚喜，即命抬來。大家看時，只見幫底皆厚八寸，紋若檳榔，味若檀麝，以手扣之，聲如玉石。大家稱奇。賈珍笑問道：「價值幾何？」薛蟠笑道：「拿著一千兩銀子，只怕沒處買。什麼價不價，賞他們幾兩銀子作工錢就是了。」賈珍聽說，連忙道謝不盡，即命解鋸造成。賈政因勸道：「此物恐非常人可享；殮以上等杉木，也罷了。」賈珍如何肯聽！

賈珍如此心疼兒媳，遂又大手筆以現金一千五百兩給兒子賈蓉捐了個龍禁衛的官，目的是讓媳婦的靈前供用執事等物可按五品職例寫上：「誥授賈門秦氏宜人之靈位」。而眞正揭露這段翁媳戀情的鐵證是在第十三回的各家抄本回前總批。《靖藏本》：

「秦可卿淫喪天香樓」，作者用史筆也。老朽因有魂托鳳姐賈家後事二件，豈是安富尊榮坐享人能想得到者？其事雖未行，其言其意，令人悲切感服，姑赦之，因命芹溪刪去「遺簪」、「更衣」諸文，是以此回只十頁，刪去天香樓一節，少去四五頁也。

《甲戌本》亦有批語：「在封龍禁尉寫乃褒中之貶，隱去天香樓一節，是不忍下筆也。」

秦可卿淫喪天香樓，正文雖已爲曹雪芹悉刪去，然史實卻不容銷抹。楊玉環以兒媳之身嫁予公公，正史也都隱晦，然世人無不知之。歷史是一面鏡子，照見了女人的美，同時也讓我們看見了她們爲愛情所付出的最慘烈的犧牲！

五、淚光閃閃——楊妃、元妃、瀟湘妃子

〔淚介〕天那，禁中明月，永無照影之期；苑外飛花，已絕上枝之望。撫躬自悼，掩袂徒嗟。好生傷感人也。

這是《長生殿》第八齣〈獻髮〉，楊貴妃被遣回娘家時，灑淚哀嘆之詞。之後還有一曲【泣顏回】，貴妃繼續哭訴道：「豈知有斷雨殘雲？我含嬌帶嗔，往常間他百樣相依順，不提防為著橫枝，陡然把連理輕分。」楊妃驟然失寵遭遣，回到娘家，獨自哀憐傷心，她的心情，我們可以理解。至於《紅樓夢》裡的元妃娘娘，因聖眷正隆而可以歸寧，卻也是哭哭啼啼，自憐自艾，這就有點出人意料了。

《紅樓夢》第十八回，元妃來至賈母正室，欲行家禮，賈母等俱跪止不迭。賈妃滿眼垂淚，方彼此上前廝見。一手攙賈母，一手攙王夫人，三個人滿心裡皆有許多話，只是俱說不出，只管嗚咽對泣。邢夫人、李紈、王熙鳳、迎、探、惜三姊妹等，俱在旁圍繞，垂淚無言。半日，賈妃方忍悲強笑，安慰賈母、王夫人道：「當日既送我到那不得見人的去處，好容易今日回家娘兒們一會，不說說笑笑，反倒哭起來。一會子我去了，又不知多早晚才來！」說到這句，不禁又哽咽起來。邢夫人等忙上來解勸。

元春剛進門就哭了兩回，先是和祖母、母親「只管嗚咽對泣」，哭到說不出一句話來，哭到滿屋子的女眷都只能垂淚無言。如此傷心！使我們從她的眼淚背後，看到了寂寞深宮的無盡心酸。好不容易忍住悲傷，強顏歡笑，卻才說出一句話，又禁不住哽咽起來！原來這句話是她真正悲痛的原因：「當日既送我到那不得見人的去處……。」宮門一入深似海，雖說椒房眷屬每月可以入宮，然而未免囿限於國體儀制，母女總不能愜懷。因此多少年來，元春總是過著沒有人可以說貼心話的日子。因此她的哭泣，在晉封為賢德妃的大喜日子裡，乍看之下，很顯得突兀！然而這卻是曹雪芹對於宮中女子，獨到的體會，很令人嘆服！她們的眼淚，雖則是意料之外，卻也在情理之中啊！

我們還別忘了，《紅樓夢》裡有另一位「妃子」也因回了「娘家」而淚眼婆娑。小說第十三回，「瀟湘妃子」林黛玉回蘇州奔喪，一聽說：「林姑娘送林姑老爺的靈到蘇州，大約趕年底就回來了。」賈寶玉立刻驚嘆道：「了不得！想來這幾日她不知哭得怎樣呢！」說著，蹙眉長嘆。到了第十六回，又聽說有林黛玉的老師賈雨村將同路作伴回返，林如海已葬入祖墳了，諸事停妥，一路俱各平安。那寶玉只問得黛玉「平安」二字，餘者也就不在意了。

女人的感情，始終與娘家牽繫，也只有在這裡才能放心盡情地灑淚！在這片淚海中，我們最後得再照顧一回迎春的悲傷。《紅樓夢》第七十九回，賈迎春許給了孫紹祖，這孫家乃是大同府人氏，祖上係軍官出身，乃當日寧榮府中之門生，算來亦係世交。如今孫家只有一人在京，現襲指揮之職，此人名喚孫紹祖，生得相貌魁梧，體格健壯，弓馬嫻熟，應酬權變，年紀未滿三十……。

可惜這麼年紀輕輕，體格健壯之人，竟然用堂堂七尺之軀毆打妻子！

原本對於這個在兵部候缺的未來孫女婿，賈母心中並不十分稱意，想要攔阻，亦恐賈赦不聽，只得自我安慰：兒女之事自有天意前因。而賈政其實也深惡孫家，雖是世交，當年不過是他們家祖上希慕榮、寧之勢，又遇到不能了結之事，這才拜在門下的，再加上那孫家也並非詩禮名族之裔，因此，倒勸諫過兩次，無奈賈赦不聽，也只得罷了。就這樣，在旁人不願意過分插手的情況下，葬送了迎春的性命！

到了小說第八十回，那時，迎春已來娘家好半日，孫家的婆娘、媳婦等人已待過晚飯，打發回家去了。迎春方哭哭啼啼的，在王夫人房中訴委曲，說孫紹祖「一味好色，好賭酗酒，家中所有的媳婦、丫頭，將及淫遍。略勸過兩三次，便罵我是『醋汁子老婆擰出來的』。又說老爺曾收著他五千銀子，不該使了他的。如今他來要了兩三次不得，他便指著我的臉，說道：『妳別和我充夫人娘子！妳老子使了我五千銀子，把妳準折買給我的。好不好打一頓，攆在下房裡睡去。當日有妳爺爺在時，希圖上我們的富貴，趕著相與的。論理，我和妳父親是一輩，如今強壓我的頭，晚了一輩，不該作了這門親，倒沒的叫人看著趕勢利似的。』」

迎春一邊說，一邊哭得嗚嗚咽咽，連王夫人並眾姊妹無不落淚。王夫人只得用言語解勸，說：「已是遇見了這不曉事的人，可怎麼樣呢！想當日妳叔叔也曾勸過大老爺，不叫作這門親的。大老爺執意不聽，一心情願，到底作不好了。我的兒！這也是妳的命。」迎春哭道：「我不信我的命就這麼苦！從小兒沒了娘，幸而過嬸子這邊來，過了幾年心淨日子，如今偏又是這麼個結果！」

王夫人一面勸解，一面問她隨意要在哪裡安歇。迎春道：「乍乍的離了姊妹們，只是眠思夢想；二則還記掛著我的屋子，還得在園裡舊房子裡住得三五天，死也甘心了。不知下次還可能得住不得住了呢！」王夫人忙勸道：「快休亂說！不過年輕的夫妻們閑牙鬥齒，亦是萬萬人之常事，何必說這喪話。」仍命人忙忙的收拾紫菱洲房屋，命姊妹們陪伴著。迎春是夕仍在舊館安歇。眾姊妹等更加親熱異常。只不過這是她生命中最後一次住在紫菱洲了。

迎春一連住了三日，就有孫紹祖的人來接。迎春雖不願去，無奈懼孫紹祖之惡，只得勉強忍情，作辭去了。曹雪芹大約就是寫到此處擱筆，再往下，他已不忍回想。當我們翻開《紅樓夢》的後四十回，想再找尋迎春的蹤影，已是一縷香魂來報喪！

《紅樓夢》第一百零九回，陪迎春嫁到孫家去的婆子急得了不得！說道：「姑娘不好了！前兒鬧了一場，姑娘哭了一夜，昨日痰堵住了。他們又不請大夫，今日更厲害了。」彩雲道：「老太太病著呢，別大驚小怪的！」王夫人在內已聽見了，恐老太太聽見不受用，忙叫彩雲帶她外頭說去。豈知賈母病中心靜，偏偏聽見，便道：「迎丫頭要死了麼？」王夫人便道：「沒有。婆子們不知輕重，說是這兩日有些病，恐不能就好，到這裡問大夫。」

於是賈母悲傷起來，說是：「我三個孫女兒，一個享盡了福死了；三丫頭遠嫁不得見面；迎丫頭雖苦，或者熬出來，不打量她年輕輕兒的就要死了。留著我這麼大年紀的人活著做什麼！」王夫人恐賈母生悲添病，還埋怨那婆子不懂事！豈知就在此時，外頭的人已傳進來說：「二姑奶奶死了！」可憐一位如花似月之女，結褵年餘，不料被孫家揉搓，以致身亡。又值賈母病篤，眾人不便離開，竟容孫家草草完結。

姑奶奶的淚水已在娘家流盡，只不過娘家有時也就是將姑娘推入火坑的元凶！迎春是，元春也是，楊貴妃呢？其實也是。

六、奢華過費！——外戚家族競興土木

《紅樓夢》裡的大觀園是怎麼來的呢？其實就是後宮裡幾位得勢的貴人、貴妃，她們的家人相互競爭、比賽排場而修築出來的。小說第十六回「賈元春才選鳳藻宮」故事說道：當今太上皇、皇太后下了旨意，大開方便之恩，特降諭諸椒房貴戚：「凡有重宇別院之家，可以駐蹕關防之處，不妨啓請內廷鑾輿入其私第，庶可略盡骨肉私情、天倫中之至性。」這道「溫馨無比」的聖旨一下，許多有機會將貴妃女兒迎回家風光風光的外戚們俱都踴躍感戴！因此，周貴人的父親第一個在家裡動了工了，欲修蓋省親別院；接著又聽說吳貴妃的父親吳天祐一家，也往城外踏看地方去了。那麼賈妃家人又豈能落人後呢？因此賈赦、賈政便往寧府中來，會同老管事人等，並幾位世交門下清客相公，審察兩府地方，繕畫省親殿宇，一面參度辦理人丁。自此後，各行匠役齊集，金、銀、銅、錫以及土、木、磚、瓦之物，搬運移送不歇。先令匠人拆寧府會芳園牆垣樓閣，直接入榮府東大院中。然後將榮府東邊所有下人所住群房盡皆拆去。原本寧、榮二宅之間有一小巷界斷不通，然這小巷亦係私地，並非官道，故可以連屬。而會芳園本就有從北角牆下引來一股活水，所以要建造省親別墅，就無煩再引水。但是園中的山石樹木仍不敷用，因此決定將賈赦住的榮府舊園，其中的竹樹山石以及亭榭欄杆等物，挪就前來。如此兩處湊成一處，可省得許

多財力，縱亦不敷，所添亦有限。這一切的籌劃起造，都全權交給一位老明公來設計監造，他的字號是山子野。

賈政其實不慣於俗務，只憑賈赦、賈珍、賈璉、賴大、來升、林之孝等幾人安插擺布。凡堆山鑿池，起樓豎閣，種竹栽花，一應點景之事，又有山子野計劃調度。因此他只是在下朝閑暇之時，才到各處看望看望，最要緊處便和賈赦等商議商議。而賈赦也是在家高臥，有芥豆之事，賈珍等人自去回明；或有話說，便傳呼賈璉、賴大等來領命。賈蓉單管打造金銀器皿。賈薔已起身往姑蘇去採買小戲子了。賈珍、賴大等又點人丁，開冊籍，辦理監工等事，所有興修土木、大啓工程之事，眞是一言難盡！而賈府頓時之間，亦是喧闐熱鬧非常⋯⋯。

無獨有偶的是，與《紅樓夢》同時期而時間稍早的著名戲劇《長生殿》，也曾發展出外戚競奢而興修土木的篇章，劇本第十齣〈疑讖〉寫郭子儀登場，他學成韜略，腹滿經綸，思量做一個頂天立地的男兒，幹一樁定國安邦的事業。可惜此時世道不好，正値楊國忠竊弄威權，安祿山濫膺寵眷。把一箇朝綱，看看弄得不成模樣了。因此郭子儀未得一官半職，不知何時，纔得替朝廷出力。就在他連連嘆息的同時，竟發現酒樓前有許多官員匆匆趕路而過。那酒保就對他說：「客官，你一面吃酒，我一面告訴你波。只爲國舅楊丞相，並韓國、虢國、秦國三位夫人，萬歲爺各賜造新第。在這宣陽里中，四家府門相連，俱照大內一般造法。這一家造來，要勝似那一家的；那一家造來，又要賽過這一家的。若見那家造得華麗，這家便拆毀了，重新再造。定要與那家一樣，方纔住手，一座廳堂，足費上千萬貫錢鈔。今日完工，因此合朝大小官員，都備了羊酒禮物，前往各家稱賀。打從這裡過去。」

郭子儀一聽之下，發出驚呼：「呀，外戚寵盛，到這個地位，如何是了也！」接著他唱道：

〔醋葫蘆〕怪私家恁僭竊，競豪奢，誇土木。一班兒公卿甘作折腰趨，爭向權門如市附。再沒有一個人呵，把輿情向九重分訴。可知他朱甍碧瓦，總是血膏塗！

〔柳葉兒〕哎，不由人冷颼颼衝冠髮豎，熱烘烘氣夯胸脯，咭當當把腰間寶劍頻頻覷。〔丑〕客官，請息怒，再與我消一壺波。〔外〕呀，便教俺傾千盞，飲盡了百壺，怎把這重沉沉一個愁擔兒消除！〔作起身科〕不吃酒了，收了這酒錢去者。〔丑作收科〕別人來三杯和萬事，這客官一氣惹千愁。

郭子儀的怒髮衝冠，實因外戚驕奢，番兒竊寵。劇作家洪昇選擇從郭帥眼中寫出這樣昏聵混亂的朝政現象，眞乃是史家補筆之法。通俗文本所發出的正義之聲，因而不容小覷。從這個面向來看《紅樓夢》，終於也使我們體會到曹雪芹的深意，他也以婉曲的方式批判了所謂「德政」，其實不過是勞民傷財、捨本逐末的舉動。他以賈元春自家人鞭斥的口吻，道出了不滿的心聲。

《紅樓夢》第十七回，賈妃下輿，只見園內清流一帶，勢如游龍；兩邊石欄上，皆係水晶玻璃各色風燈，點得如銀花雪浪；上面柳、杏諸樹雖無花葉，然皆用通草、綢、綾、紙、絹依勢作成，粘於枝上的，每一株懸燈數盞；更兼池中荷、荇、鳧、鷺之屬，亦皆係螺、蚌、羽毛之類作就的。諸燈上下爭輝，眞係玻璃世界、珠寶乾坤。船上亦係各種精緻盆景諸燈，珠簾繡幙，桂楫蘭橈，自不必說。眞似暴發新榮之家，濫使銀錢，一味抹油塗朱，畢則大書「前門綠柳垂金鎖，後戶青山列錦屏」……。

賈妃在轎內看此園內外如此豪華，想到因爲自己榮升妃子，竟使家人建造出如此似暴發戶的朱門豪宅！她覺得羞愧，因此心中默默嘆息：「眞是奢華過費了！」

七、夢中的仙子樂舞——「霓裳羽衣」與「紅樓夢十二曲」

小說和戲曲的主角人物在夢境裡，被神仙所召喚，步入天宮遊賞美景、親聆妙音，進而預知未來事。這在《紅樓夢》與《長生殿》中，均有超現實手法的精采呈現。事實上，作家乃以此情境的鋪陳來具體明示書中主人公的前世今生，讓我們由全知觀點透視人心，並掌握其敘述的走向。同時，如此超現實情境的安排，也突顯了作品的浪漫風格與奇幻色彩。其實在仙樂飄飄、美輪美奐的異時空世界裡，作家所塑造的乃是一個起點。當主人公夢醒之後，走過一段長長的現實人生，而終於到達生命終點的一刻，他/她將再度回到當初的虛幻夢境裡。此時作家所展現的是首尾緊扣的敘事鋪設，藉以使主角在重返仙宮的旅途中，回顧命運的滄桑。這也是《紅樓夢》與《長生殿》兩部鉅著在大體結構上若合符節之處。尤有甚者，賈寶玉夢境裡眾仙女演出的「紅樓夢」十二支曲子，又與楊貴妃夢中的月光仙子們所表演的「霓裳羽衣曲」，相互輝映！於此細節處，又可見兩部著作中隱藏著許多相仿的敘事情節，讓我們得以探索其創作理路以及共同的思維模式。

《紅樓夢》第五回，寶玉在恍恍惚惚中，棄了《金陵十二釵》等卷冊，隨了警幻仙姑來至一處所。但見珠簾繡幕，畫棟雕簷，說不盡那光搖朱戶金鋪地，雪照瓊窗玉作宮。更見仙花馥鬱，異草芬芳，眞好個所在！這時賈寶玉聽見警幻笑道：「妳們快出來迎接貴客！」一語未了，只見房中又走出幾個仙子來，皆是荷袂蹁躚，羽衣飄舞，嬌若春花，媚如秋月。這些仙子們雖然見了賈寶玉都有些謗怨，因爲沒有見到她們期待中的絳珠仙子。然而在警幻的解釋下，仙家們也就配合演出了預示未來的主題曲。於是下文中有十二個舞女上來，警幻道：「就將新制《紅樓夢》十二支演上來。」舞女們答應了，便輕敲檀板，款按銀箏，聽她歌道是：「開闢鴻蒙……」方歌了一句，警幻又打斷她們，先就此曲對賈寶玉解釋道：「此曲不比塵世中所塡傳奇之曲，必有生、旦、淨、末之別，又有南北九宮之限。此或詠嘆一人，或感懷一事，偶成一曲，即可譜入管弦。若非個中人，不知其中之妙，料爾亦未必深明此調。若不先閱其稿，後聽其歌，反成嚼蠟矣！」說畢，回頭命小丫鬟取了《紅樓夢》原稿來，遞與寶玉。寶玉接來，一面目視其文，一面耳聆其歌……。

這是寶玉少年時期所做的一個夢，一個音樂的夢，一個考驗他穎悟力的夢。多年後，當他即將返回仙境時，他將再度做同樣的夢，因爲已擁有了人生經驗可作爲印證。到那時，夢的意義便不再是遇到未來，而是在領悟與參透中了卻人生。此番書寫模式，無獨有偶地出現在比《紅樓夢》稍早的劇作《長生殿》之中。第十一齣〈聞樂〉，嫦娥讓月中侍兒寒簧去招引楊貴妃入夢來，好聆賞仙樂「霓裳羽衣曲」：

〔內作樂介〕〔旦〕你看一群仙女，素衣紅裳，從桂樹下奏樂而來，好不美聽。〔貼〕此乃「霓裳羽衣」之曲也。〔雜扮仙女四人、六人或八人，白衣、紅裙、錦雲肩、瓔珞、飄帶，各奏樂，唱，繞場行上介，旦貼旁立看介〕

楊貴妃在一旁看得入迷了！「迥隔斷紅塵荏苒，直寫出瑤臺清豔。」她仔細觀察著仙女們「吹彈舌尖、玉纖，韻添」，卻也「驚不醒人間夢魘，停不駐天宮漏簽。」眞如同唐傳奇的延續「一枕游仙」！更是月宮嫦娥將如此仙曲交付給了人間的知音。

仙女演奏完畢後，楊貴妃盛讚：「妙哉此樂！清高宛轉，感我心魂，眞非人間所有也！」她在觀摩縹緲仙姿、琳瑯琬琰演出的同時，「一字字偷將鳳鞋輕點，按宮商掐記指兒尖。」暗暗地記下了月宮嫦娥所傳授的舞曲。如同《紅樓夢》的鋪設一般，主人公在夢醒之後，將帶著這仙界的樂曲，走向人生輝煌的盛景，同時也將飽嘗人世間無比的辛酸。

這月宮嫦娥與霓裳羽衣等意象，此後又繼續在《紅樓夢》裡出現。那是在八十回後，林黛玉的最後一場生日宴。宴會開始，只見鳳姐領著眾丫頭，都簇擁著黛玉來了。那黛玉打扮得宛如嫦娥下界，含羞帶笑出來見了眾人。歡宴中的第三齣戲登場時，只見金童玉女，旗旛寶蓋，引著一個霓裳羽衣的小旦，頭上披著一條黑帕，唱了幾句進去了。眾皆不知，聽見外面人說：「這是新打的《蕊珠記》裡的〈冥升〉，小旦扮的是嫦娥，前因墮落人寰，幾乎給人爲配，幸虧觀音點化，她就未嫁而逝。此時昇引月宮，不聽見曲裡頭唱的：『人間只道風情好，哪知道秋月春花容易拋？幾乎不把廣寒宮忘卻了。』」則《紅樓夢》與《長生殿》互文的現象頻頻出現，〈冥升〉一戲暗示了林黛玉即將未嫁而亡，死後昇引月宮，這是林黛玉的結局，也是楊玉環的歸宿。兩位故事女主人公羽化成仙，多少給予讀者心情上的安慰。然而在既浪漫又華麗的人生終點站上，我們看到的是兩部名著的作者，不忍血污女性的轉換筆法，以及故事背後呼之欲出的殘酷人生。

八、自創新聲——楊貴妃與曹寅

當楊貴妃變成大作家的那個早晨，空氣中飄散著清新的荷葉馨香。她慢慢地展開紙箋，伸手輕輕地拈起筆管，幽幽地回想起昨夜夢中月宮裡的清音，又細膩地琢磨著心頭的靈感。她想：「這聲調雖出月宮，其間轉移過度，細微曲折之處，須索自加細審。」然後「一字字要調停如法，一段段須融和入化。」可是還有幾個音不調和，怎麼辦呢？「這幾聲尙欠調勻，拍（個個）怎下？」正在打拍子的時候，忽然聽見窗外黃鶯啼叫，貴妃立刻紙筆修改了稿子：

〔旦執筆聽介〕呀，妙阿！〔作改介〕

不久之後，皇帝下朝回來，急忙來看貴妃。當他瞥見一桌的筆墨紙硯，又聽宮娥們說：「娘娘做了新曲。」喜得個唐明皇稱讚道：「妃子，妃子！美人的事，被你都占盡也。」

清代劇作家洪昇所著《長生殿》，寫得最好的地方之一就在於，貴妃對於皇上的態度，極其純眞和自然！這表示洪昇身爲一位男性，卻能抓得住女性的心理與情態。當貴妃更衣出來，發現皇帝正在讀她的作品，她便告訴皇上，昨晚睡夢中，看見一群仙女奏樂的情景。她一點也不諂媚皇帝，因此也不請求明皇爲她的新作賜名，而是直接告訴皇上此曲名爲：「霓裳羽衣」。唐明皇聽得更樂了：

〔生〕好個「霓裳羽衣」！非虛假，果合伴天香桂花。玉芙蓉〔作看旦介〕覷仙姿，想前身原是月中娃。

然後唐明皇對這份新作的排演有個想法：「此譜即當宣付梨園，但恐俗手伶工，未諳其妙。朕欲令永新、念奴，先抄圖譜，妃子親自指授。然後傳與李龜年等，教習梨園弟子，卻不是好。」於是貴妃將所寫的新曲親自傳授給皇室的家班——梨園子弟。讓他們在宮廷中練習排演。而皇帝正是這場實際演出的製作人。楊玉環也因爲兼有美貌與才華，更得明皇重視與寵愛！這齣「霓裳羽衣曲」的演出，背後堅實的基礎，正是李、楊的愛情。而這世上最幸福的藝術家，乃是既能譜寫樂曲，又同時擁有龐大的私人樂團或劇團，來依照自己的心意演出屬於個人的創作。如此幸運的人兒，除了《長生殿》中的楊玉環，在現實生活中，就是曹雪芹的祖父曹寅。曹家家班曾演出曹寅寫劇本的《續琵琶》。這件事情被他的孫子曹雪芹記錄在《紅樓夢》裡。小說第五十四回「史太君破陳腐舊套，王熙鳳效戲彩斑衣」，賈母指著湘雲說道：「我像她這麼大的時節，她爺爺有一班小戲，偏有一個彈琴的奏了來，即如《西廂記》的〈聽琴〉、《玉簪記》的〈琴挑〉、《續琵琶》的〈胡笳十八拍〉竟成了眞的了。」

《續琵琶》是曹寅的劇本，寫蔡文姬在〈制拍〉一折中自彈自唱了自製的《胡笳十八拍》，藉以抒發自己顚沛流離的艱辛歷程。這齣戲在清朝其實是個生僻的劇目，若非曹雪芹的家世淵源，一般人不一定知道這是曹府的私家戲。不過像《紅樓夢》裡所說的，演員在舞臺上親自彈奏樂器並演唱樂曲的例子還不少，有：《長生殿．彈詞》中的李龜年彈琵琶自唱、《桃花扇．晚香》中演員們分列在侯朝宗和李香君的兩側吹彈奉酒，並且吹打十番。因此《續琵琶》裡的演員可以帶著眞樂器上場自彈自唱，應該就是在這一表演風氣下的產物。除了《續琵琶》之外，我們還發現，曹寅的好朋友尤侗寫了《吊琵琶》雜劇四折，而第四折中也有蔡琰自彈《胡笳十八拍》的情節。這顯示劇場藝術圈子裡的文人創作有一種集體性的歷史意識，並且在創作題材上互相習染。此外，曹寅的劇本能夠展現於舞臺，其中最重要的條件取決於曹府家班的實力堅強，演員能彈能唱又能演，方可爲家班主人所驅策，共同將這高難度的劇場藝術付諸實現！

九、江南好，新樂十番佳！——李謩吹笛偷曲

《紅樓夢》第十一回寫寧國府籌辦賈敬的壽宴，當時賈璉、賈薔先看了各處的座位，然後問：「有什麼玩意兒沒有？」家人答道：「我們爺原算計請太爺今日來家，所以並未敢預備玩意兒。前日，聽見太爺又不來了，現叫奴才們找了一班小戲兒並一檔子打十番的，都在園子裡戲臺

上預備著呢。」

所謂「打十番」乃是吹、打合奏的意思。一般都以套曲的形式呈現。明清之際，在江南金陵與蘇州、無錫、常州等地流行，因此算是江南地方上的吹打音樂。清人李斗在《揚州畫舫錄》卷十一〈虹橋錄下〉中記載：「十番鼓者，吹雙笛，用緊膜，其聲最高，謂之悶笛，佐以簫管，管聲如人度曲；三弦緊緩與雲鑼相應，佐以提琴；鼉鼓緊緩與檀板相應，佐以湯鑼；眾樂齊，乃用單皮鼓，響如裂竹，所謂：頭如青山峰，手似白雨點。佐以木魚檀板，以成節奏。此十番鼓也。」

上述提琴指的是胡琴。而十番的意思也就是包括了管、弦、簫、笛、胡琴為主要樂器，演奏出旋律，再加上檀板、鑼、鼓等賦予節奏，這樣就形成了「細十番」。如果「夾用鑼、鐃之屬」，則稱為「粗十番」。常見的套曲包括了：《下西風》、《他一立在太湖石畔》、《蝶穿花》、《鬧端陽》……等。還有一些套曲以鑼鼓鐃鈸、嗩吶為主，音響效果非常歡快、熱鬧！很能帶動氣氛。著名的套曲有：《雨夾雪》、《大開門》、《小開門》、《七五三》……等。

上述《紅樓夢》中寧國府所請來的「打十番」，既是爲了歡慶大家長的壽辰，則當日的演出很可能是以鑼鼓鐃鈸爲主的「粗十番」。古人爲了營造歡樂喜慶的場景，因此需要此種熱鬧的響聲，亦即此時並不是爲了細細地欣賞音樂，而是爲了要炒熱現場環境，因此他們會選用粗十番。不過，十番套曲大約在清代中晚期之後，也就是嘉慶、道光年間便逐漸失傳了。幸而在曹雪芹生活的年代，還聽得到十番套曲。因此得以將它記錄在《紅樓夢》中。而眞正將十番打得熱鬧，是在比《紅樓夢》稍早的《長生殿》裡。

劇本第十四齣〈偷曲〉，寫江南文人李謩聽說梨園班頭李龜年正在加緊排練貴妃娘娘的「霓裳羽衣曲」。於是偷偷在紅牆外，垂柳掩映的湖石上，以吹笛來偷學此曲。他先聽到牆內的永新和念奴對大家說道：「今日該演拍序，大家先將散序，從頭演習一番。」那李謩便抬頭一看，「上面燈光隱隱，似有人聲，一定是這裡了。我且潛聽一回。」

悄悄冥冥，牆陰竊聽。〔內作樂介〕〔小生作袖出笛介〕不免取出笛來，倚聲和之。就將音節，細細記明便了。聽到月高初更後，果然紘索齊鳴。恰喜禁垣，夜深人靜，琤璁齊應。這數聲恍然心領，那數聲恍然心領。

爲了表現宮牆內的樂團正緊鑼密鼓綵排中，劇作家洪昇接連四段運用「打十番」來呈現李謩的聽覺效果。而且他強調此處所演奏的是「細十番」：

〔內細十番，小生吹笛和介〕〔樂止，老旦、貼在內閣上唱後曲，小生吹笛合介〕〔老旦、貼〕驪珠散迸，入拍初驚。雲翻袂影，飄然迴雪舞風輕。飄然回首舞風輕，約略煙蛾態不勝。

李謩一邊細聽，一邊吹笛記譜，他學得很快，每每心領神會：

〔小生接唱〕這數聲恍然心領，那數聲恍然心領。

接著宮牆內的梨園子弟又排練起另一段音樂，於是戲臺後方的文武場，再度演出和前一段同樣的十番套曲：

〔內細十番如前，老旦、貼內唱，小生笛合介〕〔老旦、貼〕前腔珠輝翠映，風翥鸞停。玉山篷頂，上元揮袂引雙成。上元揮袂引雙成，萼綠回肩招許瓊。

李謩吹著笛子記譜，很快地，這一段也學會了：

〔小生接唱〕這數聲恍然心領，那數聲恍然心領。

然後是第三段：

〔內又如前十番，老旦、貼內唱，小生笛合介〕〔老旦、貼〕前腔音繁調騁，絲竹縱橫。翔雲忽定，慢收舞袖弄輕盈。慢收舞袖弄輕盈，飛上瑤天歌一聲。

當然李謩亦學到手了：

〔小生接唱〕這數聲恍然心領，那數聲恍然心領。

最後一段：

〔內又十番一通，老旦、貼暗下〕

永新和念奴離去之際，李謩聽著餘音，心中既驚訝又感動：

〔小生〕妙哉曲也。眞不如敲秋竹，似戛春冰，分明一派仙音，信非人世所有。被我都從笛中偷得，好僥倖也！

這「霓裳羽衣」乃是天上之聲，如今卻被牆外的行人偷聽了去，而且是整套都學走了：「偷從笛裡，寫出無餘剩。」李謩意猶未盡，還想再聽，可是梨園子弟似乎是下班了：「呀，閣上寂然無聲，想是不奏了。人散曲終紅樓靜，半牆殘月搖花影。你看河斜月落，斗轉參橫，不免回去罷。」

這一齣戲主要是表現李謩在涼夜月明之際，潛行偷曲的情景，寫得甚妙！尤其是作者連續四度要求舞臺後方的配樂者打細十番，讓李謩在臺前可以盡情地表演自己吹笛偷情的暢快之意！

「十番套曲」在《長生殿》中的重要性可以想見。同時也正因為清朝初年還是那流行打十番的年代，因此我們可以在《長生殿》與《紅樓夢》中，同時看到「細十番」與「粗十番」的適時運用。這也可以說是兩部書同聲相應，並且同氣相求了！

十、驛騎鞭聲砉流電，無人知是荔枝來

荔枝是亞熱帶地區美白又抗炎的甜美水果，根據《本草綱目》的記載，它有「補脾益肝、生津止呃、消腫止痛、鎮咳養心」等功效。然而其實荔枝也是文學聖品！《紅樓夢》的作者曹雪芹藉由賈寶玉和探春在秋涼時節還吃得上南方快馬加鞭送來的新鮮荔枝，暗示讀者其家族的特權與勢力。其間得自元妃娘娘的庇蔭，亦不在話下。

此外，《長生殿》的作者則是捨暗喻而直接以白描的筆觸，來寫荔枝與貴族的故事。他透過驛馬一站又一站的奔馳，路上踐踏多少良田！踩死多少人命！來控訴當權者的淫逸驕奢。劇本第十五齣〈進果〉，揚著馬鞭登場的差役說道：「海南荔子味尤甘，楊娘娘偏喜啖。採時連葉包，緘封貯小竹籃。獻來曉夜不停驂，一路裡怕耽，望一站也麼奔一站！」

同時話分兩頭說，有個老漢是金城縣東鄉一個莊家。他們一家八口，單靠著幾畝薄田過活。最近老漢聽說進鮮荔枝的使臣，一路上採捷徑行走，不知踏壞了人家多少禾苗！老漢擔心之餘，特地到田中看守。他東望望西瞧瞧，還沒看到使臣，卻先遙見兩個盲人一老一少走了過來：

那邊兩個算命的來了。〔小生扮算命瞎子手持竹板，淨扮女瞎子彈絃子，同行上〕

這兩個算命的走得非常辛苦！還希望著到下一站能買頭驢子來代步。而說時遲那時快，這策馬揚鞭的使臣已經踩著稻禾來到跟前：

〔副淨鞭馬重唱前「一路裡」二句急上，踏死小生下〕〔外跌腳向鬼門哭介〕天啊，你看一片田禾，都被那廝踏爛，眼見的沒用了。休說一家性命難存，現今官糧緊急，將何辦納！好苦也！

這老漢不僅痛苦於他辛苦種植的良田被踩爛了，同時他還極爲驚詫地發現那算命的盲人已經被踩死了！

〔淨一面作爬介〕哎呀，踏壞人了，老的啊，你在那裡？〔作摸著小生介〕呀，這是老的。怎麼不做聲，敢是踏昏了？〔又摸介〕哎呀，頭上濕淥淥的。〔又摸聞手介〕不好了，踏出腦漿來了！〔哭叫介〕我那天呵，地方救命。〔外轉身作看介〕原來一個算命先生，踏死在此。〔淨起斜福介〕只求地方，叫那跑馬的人來償命。〔外〕哎，那跑馬的呵，乃是進貢鮮荔枝與楊娘娘的。一路上來，不知踏壞了多少人，不敢要他償命。何況你這一箇瞎子！

其實在洪昇的寫作裡，他也同情這一站奔過一站的使臣。作家特別用〔急急令〕這支曲牌來表現使臣急匆匆日夜兼程的苦狀：

黃塵影內日銜山，趕趕趕，近長安。〔下馬介〕驛子，快換馬來。〔丑接馬，末放果籃、整衣介〕〔副淨飛馬上〕一身汗雨四肢癱，趲趲趲，換行鞍。

到了驛站，需要換馬的時候，那馬官略有點遲疑，使臣上前就是一頓毆打！「鞭亂抽，拳痛毆，打得你難捱，那馬自有！」那馬官被打得向地上連連叩頭，望使臣輕輕放手。

〔末、副淨〕若要饒你，快換馬來。〔丑〕馬一匹驛中現有，〔末、副淨〕再要一匹。〔丑〕第二匹實難補湊。

《長生殿》中的這一齣戲，在急迫的壓力下，渲染出血腥和暴力的畫面，簡直令讀者難以招架！尾聲中的集唐詩云：

驛騎鞭聲砉流電，李郢
無人知是荔枝來。杜牧

小小荔枝在文學作品中激發出如此劇烈的底層情緒與聲浪！這是一種典型的諷刺手法。然後在反諷藝術上，更爲突出的表現形式，要數《紅樓夢》。第三十七回怡紅院的丫鬟們正在閒聊。此時襲人回至房中，拿碟子盛東西與史湘雲，卻見槅子上碟槽空著。因回頭問道：「這一個纏絲白瑪瑙碟子那去了？」眾人見問，你看我我看你，都想不起來。半日，晴雯笑道：「給三姑娘送荔枝去的，還沒送來呢。」襲人道：「家常送東西的傢伙也多，巴巴的拿這個去。」晴雯道：

「我何嘗不也這樣說。他說這個碟子配上鮮荔枝才好看。我送去，三姑娘見了也說好看，叫連碟子放著，就沒帶來。妳再瞧，那槅子盡上頭的一對聯珠瓶還沒收來呢。」

以白瑪瑙纏絲碟子盛裝新鮮荔枝，送到秋爽齋慰問病中的探春。這在探春寫給寶玉的花箋裡，可得到印證：「昨蒙親勞撫囑，復又數遣侍兒問切，兼以鮮荔並眞卿墨跡見賜……」。以往我們對於使用纏絲白瑪瑙碟子配上鮮荔枝一事，所在乎的是賈寶玉的審美觀，亦即寶玉在送妹妹小禮物時，以帶有天然紋路的雪白晶瑩玉石碟子來搭配火紅得鮮豔欲滴的荔枝，那整體設計所顯現的美感該有多搶眼！如此紅白搭配的擺盤形式，不僅大方高雅，而且具有品味。這也是眞正的富貴閒人在生活中亮麗突出的小創意。然而我們在如此優雅精緻的貴族情調中，可以進一步想到，帶有天然纏絲的白瑪瑙，本身極爲難得！賈府富貴公子的櫥櫃中竟然有一整疊這樣的果盤碟子！由此以小見大，可見其家族擁有逼人的富貴！

同時我們也可以從這一樁小事上，發現當時時序已入秋，而賈府中人竟然能夠在秋天吃到新鮮的荔枝，那背後省略的快馬加鞭，與一站奔過一站的遞送過程，又幾乎要宛然在目了！我們都知道，在古代，新鮮的荔枝極難保存和運送。從嶺南入京，路途非常遙遠！如果不是使臣們萬般艱辛地長途跋涉，怎麼可能得到如此飽含水分、香甜可口的果實？又若非皇家和鐘鳴鼎食的貴族，誰能夠享受這般奢華的飲食情境？

因此我們發現曹雪芹總是能夠在表述貴族精雅生活的諸多面向之餘，又不動聲色地反面映襯出廣大人民沉重的苦難！

十一、長生殿裡慶長生——貴妃的生日禮物

楊貴妃的生日是在六月初一，根據唐《宣明曆》，這時節相當於現在國曆七月初，天氣逐漸燠熱。在洪昇的劇作中，玄宗帶著妃子前往驪山避暑。並且在六月朔日當天設宴於長生殿，生旦合唱：「宜歡賞，恰好殿號長生，境齊蓬閬。」壽宴初開，佳果適至，乃是涪州、海南進貢的新鮮荔枝。明皇道：「妃子，朕因妳愛食此果，特敕地方飛馳進貢。」妃子特別喜愛從四川和海南送來的荔枝，她說：「愛他濃染紅佾，薄果品丸，入手清芬，沁齒甘涼。」緊接著，李龜年押梨園弟子上殿承應。由於「霓裳」散曲昨已奏過，因此今天排的是「羽衣」第二疊。此曲音韻悠揚，聲情俊爽。貴妃很想跳舞！「妾製有翠盤一面，請試舞其中，以博天顏一笑。」

皇帝甚喜！「妃子妙舞，寡人從未得見。永新、念奴，可同鄭觀音、謝阿蠻伏侍娘娘，上翠盤來者。」這就是《長生殿》第十六齣〈舞盤〉。貴妃入內更衣，重新整頓衣裳之後，果然一身飛上了翠盤中。唐明皇命高力士傳旨李龜年：「領梨園弟子按譜奏樂。朕親以羯鼓節之。」

在這場樂舞中，但見楊玉環「體態嬌難狀，天風吹起，眾樂繽紛響。」舞蹈表演結束之後，皇上龍心大悅：

〔生起，前攜旦介〕妙哉，舞也！逸態橫生，濃姿百出。宛若翾風迴雪，恍如飛燕遊龍，眞獨擅千秋矣。宮娥每，看酒來，待朕與妃子把杯。

皇帝一開懷，便賞賜貴妃諸多好禮！

〔生〕朕有鴛鴦萬金錦十匹，麗水紫磨金步搖一事，聊作纏頭。〔出香囊介〕還有自佩瑞龍腦八寶香囊一枚，解來助卿舞佩。〔旦接香囊謝介〕萬歲。〔生攜旦行介〕

皇帝賞賜給貴妃的龍腦八寶香囊，確實盛行於隋唐時期的皇宮。依據周密在《武林舊事・端午》中的記載：「分賜后妃、諸閣、大近侍翠葉、豔葵榴、絲翠……香囊軟香龍涎佩帶。」而一九七〇年，陝西考古隊曾在出土文物中發現一枚葡萄花鳥紋銀香囊，香囊裡面有陀螺儀裝置，佩戴香囊的人不論走路怎樣搖晃，香料都不會溢洩出來，而且這很可能就是楊貴妃身上所佩戴的球形香囊。安史之亂發生時，唐玄宗帶著楊貴妃出逃，來至馬嵬坡，六軍不發，唐玄宗只得犧牲貴妃以保江山。當時貴妃被匆匆埋葬。直到收復西京，唐玄宗曾命人將她移葬，則執事宦官竟發現「肌膚已壞，而香囊仍在」。太上皇見此香囊，想必也回想起當初驪山樂舞中貴妃宛如「迴風迴雪」的濃姿逸態。而如今只留下這個香囊聊慰無限思念之情。

貴胄之家於夏季使用龍腦香的習慣也出現在《紅樓夢》裡。而在這裡，龍腦香稱為「冰片」。小說第二十四回：賈芸為求王熙鳳給他大觀園裡種花種樹的工作，一早便出了南門，在大香鋪裡買了冰片、麝香，然後往榮國府走來。當他來到賈璉院門前，只見幾個小廝拿著大高笤帚在那裡掃院子呢。忽見周瑞家的從門裡出來叫小廝們：「先別掃，奶奶出來了。」正說著，只見一群人簇擁著鳳姐出來了。賈芸深知鳳姐是喜奉承、尚排場的，忙把手逼著，恭恭敬敬搶上來請安。鳳姐連正眼也不看，仍往前走著，只問他母親好，「怎麼不來我們這裡逛逛？」賈芸道：「只是身上不大好，倒時常記掛著嬸子，要來瞧瞧，又不能來。」鳳姐笑道：「可是會撒謊，不是我提起她來，你就不說她想我了。」賈芸笑道：「侄兒不怕雷打了，就敢在長輩前撒謊？昨兒晚上還提起嬸子來，說嬸子身子生得單弱，事情又多，虧嬸子好大精神，竟料理得周周全全。要是差一點的，早累得不知怎麼樣呢。」

鳳姐聽了滿面是笑，不由得便止了步，問道：「怎麼好好的你娘兒兩個在背地裡嚼起我來？」賈芸道：「有個原故，只因我有個極好的朋友，家裡有幾個錢，現開香鋪。只因他身上捐著個通判，前兒選了雲南不知哪一處，連家眷一齊去，他收了香鋪也在這裡不開了。便把賬物攢了一攢，該給人的給人，該賤發的賤發了，像這細貴的貨，都分著送了親朋。他就一共送了我四兩冰片、四兩麝香。我就和我母親商量，若要轉買，不但賣不出原價來，而且誰家拿這些銀子買這個作什麼，便是很有錢的大家子，也不過使個幾分幾錢就挺折腰了；若說送人，也沒個人配這些，倒叫他一文不值半文轉賣了。因此我就想起嬸子來，往年間我還見嬸子大包的銀子買這些東西呢。別說今年貴妃進了宮，就是這個端陽節下，不用說這些香料自然是比往常加上十倍的用呢。因此想來想去，只孝順嬸娘才合式，方不算遭塌這東西。」一邊說，一邊將一個錦匣舉起來。

鳳姐正是要辦端陽的節禮、採買香料藥餌的時節，忽見賈芸如此一來，聽這一篇話，心下又是得意又是喜歡，便命豐兒：「接過芸哥兒的來，送了家去，交給平兒。」因又說道：「看著你這樣知好歹，怪道你叔叔常提你，說你說話兒也明白，心裡有見識。」賈芸聽這話入了港，便打進一步來，故意問道：「原來叔叔也曾提我來？」鳳姐見問，才要告訴他與他管事情的話，便忙又止住，心下想道：「我如今要告訴他那話，倒叫他看著我見不得東西似的，為得了這點子香，就混許他管事了。今兒先別提這事。」於是她便把派他監種花木工程的事都隱瞞得一字不提，隨口說了兩句淡話，便往賈母那裡去了。賈芸也不好再提，只得回去了。從賈芸的話中，我們得知為了進獻貴妃，以及端陽節使用，貴婦如王熙鳳者，是需要花大把銀子購買冰片和麝香等名貴香料。其中冰片，又名龍腦香、老梅片等，是龍腦香科的樹脂和樹幹經蒸餾冷卻而提取的結晶，因此稱為「龍腦冰片」或「梅片」。它具有開竅醒神的功效，而且經常與麝香相須為用。《本草綱目》記載其療效包括：「療喉痹、腦痛、鼻瘍、齒痛、傷寒舌出、小兒痘陷。通諸竅，散鬱火。」如此鎮痛醒神，以至楊貴妃、賈元妃和王熙鳳等貴婦們都喜歡，讀者於此不難想見，龍腦冰片乃是名貴異常的御用香料，同時也是千百年來，皇室與貴族入夏以後所必備的保養佳品。

十二、推倒了醋罈子！——鳳奶奶與楊娘娘

《紅樓夢》自第六十七回起，陡然滑入了一巨大的連續劇八卦情節旋渦裡。一向處世持平的平兒，將外面偷聽到的流言來鳳姐跟前打小報告，鳳姐兒越聽越氣：「二爺在外邊偷娶老婆，妳說是聽二門上的小廝們說的。到底是哪個說的呢？」平兒：說「是旺兒他說的。」鳳姐便命人把旺兒叫來，問道：「你二爺在外邊買房子娶小老婆，你知道麼？」旺兒說：「小的終日在二門上聽差，如何知道二爺的事，這是聽見興兒告訴的。」鳳姐又問：「興兒是幾時告訴你的？」旺兒說：「興兒在新二奶奶那裡呢。」鳳姐一聽，滿腔怒氣，啐了一口，罵道：「下作猴兒崽子！什麼是『新奶奶』、『舊奶奶』，你就私自封奶奶了？滿嘴裡胡說，這就該打嘴巴。」當鳳姐聽說這金屋藏嬌的小老婆就是尤二姐，忙得一疊連聲命旺兒：「快把興兒叫來！」

不知死活的興兒進了二門來請安，鳳姐一見，便先瞪了兩眼，問道：「你們主子奴才在外面幹的好事！你們打量我呆瓜，不知道？你是緊跟二爺的人，自必深知根由。你須細細的對我實說，稍有一些而隱瞞撒謊，我將你的腿打折了！」興兒跪下磕頭，說：「奶奶問的是什麼事，是我同爺幹的？」鳳姐罵道：「好小雜種！你還敢來支吾我？我問你，二爺在外邊，怎麼就說成了

尤二姐？怎麼買房子、治傢伙？怎麼娶了過來？一五一十的說個明白，饒你狗命！」

興兒素日知道鳳姐是個烈口子，連二爺還懼怕她五分，因此見風轉舵，壯著膽子，跪下說道：「奶奶別生氣，等奴才回稟奶奶聽：只因那府裡的大老爺的喪事上穿孝，不知二爺怎麼看見過尤二姐幾次，大約就看中了，動了要說的心。故此先同蓉哥商議，求蓉哥替二爺從中調停辦理，做了媒人，說合事成之後，還許下謝禮。蓉哥滿應，將此話轉告訴了珍大爺；珍大爺告訴了珍大奶奶和尤老娘。尤老娘聽了很願意，但求蓉哥說是：『二姐從小而以許過張家爲媳，如何又許二爺呢？恐張家知道，生出事來不妥當。』珍大爺笑道：『這算什麼大事，交給我！便說那張姓小子，本是個窮苦破落戶，哪裡見得多給他幾兩銀子，教他寫章退親的休書，就完了。』後來，果然找了姓張的來，如此說明，寫了休書，給了銀子去了。二爺聞知，才放心大膽的說定了。又恐怕奶奶知道。攔阻不依，所以在外邊咱們後身兒買了幾間房子，治了東西，就娶過來了。珍大爺還給了爺兩口人使喚。二爺時常推說給老爺辦事，又說給珍大爺張羅事，都是些支吾的謊話，竟是在外頭住著。」說畢，復又磕頭。鳳姐聽了這一篇言詞，只癡呆了半天，面如金紙，兩只吊稍子眼越發直豎起來了，渾身亂顫。

有趣的是，《長生殿》裡也有一幕「舊奶奶」氣得渾身亂顫的戲。第十八齣〈夜怨〉，也是貼身丫鬟念奴打聽出了一點端倪，便趕緊的來通風報信：

〔貼上〕雪隱鷺鷥飛始見，柳藏鸚鵡語方知。〔見介〕娘娘，奴婢打聽翠閣的事來了。〔旦〕怎麼說？〔貼〕娘娘聽啓，奴婢方纔呵，月臨江悄問翠華西閣，守將時近黃昏，忽聞密旨遣黃門。〔旦〕遣他何處去呢？〔貼〕飛鞭乘戲馬，滅燭召紅裙。〔旦急問介〕召那一個？〔貼〕貶置樓東怨女，梅亭舊日妃嬪。〔旦驚介〕呀，這是梅精了。他來也不曾？〔貼〕須臾簇擁那佳人，暗中歸翠閣。〔老旦問介〕此話果眞否？〔貼〕消息探來眞。〔旦〕唉，天那，原來果是梅精復邀寵幸了。〔做不語悶坐、掩淚介〕〔老旦、貼〕娘娘請免愁煩。〔旦〕前腔聞言驚顫，傷心痛怎言。〔淚介〕把從前密意，舊日恩眷，都付與淚花兒彈向天。……可知道身雖在這邊，心終繫別院。一味虛情假意，瞞瞞昧昧，只欺奴善。

楊貴妃的話與鳳姐所說如出一轍：「天下那有這樣沒臉的男人！吃著碗裡，看著鍋裡，見一個，愛一個，眞成了餵不飽的狗，實在是個棄舊迎新的壞貨。只可惜這五六品的頂戴給他！他別想著俗語說的『家花哪有野花香』的話，他要信了這個話，可就大錯了！」

賈璉對尤二姐情贈九龍佩，唐明皇送給梅妃一斛珠，這都是偷情故事的起點。恨得那鳳辣子決定要將苦尤娘賺入大觀園，然後再來個大鬧寧國府！而楊玉環也沒在怕的，一個箭步直搗黃龍，逼得梅妃從翠華閣後方「破壁而出」。

然而王熙鳳終究還是城府深的，她等了很久，直到一個機會來臨，那時賈璉奉命到外地公幹，得一兩個月方回。鳳姐這頭便回明賈母、王夫人，說明日一早要到姑子廟進香去。只帶了平兒、豐兒、周瑞媳婦、旺兒媳婦四人，未曾上車，便將原故告訴了眾人。又吩咐眾男人，素衣素蓋，一逕前來。

> 興兒引路，一直到了二姐門前扣門。鮑二家的開了。興兒笑說：「快回二奶奶去，大奶奶來了。」鮑二家的聽了這話，頂梁骨走了真魂，忙飛跑進，內報與尤二姐。尤二姐雖也一驚，但鳳姐兒既然已經來了，自己只得以禮相見。

而《長生殿》第十九齣〈絮閣〉，楊貴妃卻只不耐煩地等了一夜，天一亮，把那「鳳枕急忙拋」，速速來到翠華西閣，也是把個守門的小太監嚇飛了頂梁骨！

〔丑一面暗上望科〕呀，遠遠來的，正是楊娘娘，莫非走漏了消息麼？現今梅娘娘還在閣裡，如何是好？〔旦到科〕〔丑忙見科〕奴婢高力士，叩見娘娘。〔旦〕萬歲爺在那裡？〔丑〕在閣中。〔旦〕還有何人在內？〔丑〕沒有。〔旦冷笑科〕你開了閣門，待我進去看看。〔丑慌科〕娘娘且請暫坐。〔旦坐科〕〔丑〕奴婢啓上娘娘，萬歲爺昨日呵，只爲政勤勞，偶爾違和厭煩擾。〔旦〕既是聖體違和，怎生在此駐宿？

楊貴妃怒氣不亞於王熙鳳，也是破口大罵！高力士敢不開門，她就自己上來把門敲開。

〔旦怒科〕哇，休得把虛脾來掉，嘴喳喳弄鬼妝么。〔丑〕奴婢怎敢？〔旦〕焦也波焦，急的咱滿心越惱。我曉得你今日呵，別有個人兒挂眼梢，倚著她寵勢高，明欺我失恩人時衰運倒。〔起科〕也罷，我只得自把門敲。

高力士只得對著門內高喊，爲玄宗通風報信：

〔丑〕娘娘請坐，待奴婢叫開門來。〔做高叫科〕楊娘娘來了，開了閣門者。〔旦坐科〕〔生披衣引內侍上，聽科〕

閣裡的萬歲爺驚嚇之餘，已是六神無主！只得叫梅妃先躲藏起來。

〔生作呆科〕呀，這春光漏泄，怎地開交？〔內侍〕這門還是開也不開？〔生〕慢著。〔背科〕且教梅妃在夾幕中，暫躲片時罷。

皇帝窩囊到這個地步，連太監們都覺得好笑！

〔內侍笑科〕呀，萬歲爺，萬歲爺，笑黃金屋恁樣藏嬌，怕葡萄架霎時推倒。〔生上作伏桌科〕內侍，我著床傍枕佯推睡，你索把獸環開了。

楊貴妃進了房間之後，仔細檢查了屋內，赫然發現一雙女鞋，還有一朵翠鈿。她立刻質問道：

〔旦作看科〕呀，這御榻底下，不是一雙鳳舄麼？〔生急起，作欲掩科〕在那裡？〔懷中掉出翠鈿科〕〔旦拾看科〕呀，又是一朵翠鈿！此皆婦人之物，陛下既然獨寢，怎得有此？

更好笑的是，皇帝竟然裝糊塗，說他也不知道怎麼會有女鞋和翠鈿。

〔生作羞科〕好奇怪！這是那裡來的？連寡人也不解。〔旦〕陛下怎麼不解？

皇帝窘態百出，眼看是下不了臺了，旁邊太監們也急死了！趕緊爲他出力籌劃，來個「五鬼搬運」、「乾坤挪移」！

〔丑作急態，一面背對內侍低科〕呀，不好了，見了這翠鈿、鳳舄，楊娘娘必不干休。你每快送梅娘娘，悄從閣後破壁而出，回到樓東去罷。〔內侍〕曉得。〔從生背後虛下〕

吃醋的女人最可怕！可嘆男人都是「餵不飽的狗」，「身雖在這邊，心終繫別院。一味虛情假意，瞞瞞昧昧……」，這才逼出了鳳奶奶與楊娘娘兩顆辛嗆無比的超級小辣椒！

十三、葷段子．黃笑話——科諢的嚴肅性

古典戲劇演出中，常有丑角以滑稽的動作或臺詞引觀眾發笑，我們知道這就是所謂的「插科打諢」。它雖然不是主要演員的戲分，然而卻是舞臺上不可或缺的一大亮點！事實上，不僅是戲曲，在通俗小說文本中，亦經常可見這類型逗趣人物的出現，他在緩和氣氛與靈活調度舞臺效果等各方面，都可謂不可或缺的橋段。

我們試想如果在《紅樓夢》第二十八回諸位翩翩公子飲酒作詩唱曲的大篇幅過程中，如果沒有薛蟠這號呆霸王葷腥不忌的科諢，就連妓女雲兒也一本正經地彈琴唱曲，這場面會有多乾澀！當初在這宴會場合中，原是賈寶玉認為如此濫飲，易醉而無味。於是他先喝一大海，發一個新令，在座若有不遵者，連罰十大海，逐出席外，給人斟酒。那馮紫英和蔣玉菡等都道：「有理，有理。」於是寶玉拿起海來，一氣飲盡，說道：「如今要說悲、愁、喜、樂四個字，卻要說出女

兒來，還要註明這四個字的原故。說完了，喝門杯。酒面要唱一個新鮮曲子；酒底要席上生風一樣東西，或古詩舊對，四書五經成語。」

於是諸位公子都願意依循這個新酒令來玩遊戲，而所吟出的每一首詩篇與唱的小曲，其內容既文雅又有新意。可是輪到了不學無術的薛蟠時，他卻說不出個所以然來，眾人等了半天，他才支吾其詞：「我可要說了：女兒悲……」說了半日，不見說底下的。馮紫英笑道：「悲什麼？快說來。」薛蟠登時急得眼睛鈴鐺一般，瞪了半日，才說道：「女兒悲……」又咳嗽了兩聲，說道：

女兒悲，嫁了個男人是烏龜。

眾人聽了，都大笑起來。薛蟠道：「笑什麼，難道我說的不是？一個女兒嫁了漢子，要當忘八，她怎麼不傷心呢？」眾人笑得彎腰，說道：「你說得很是，快說底下的。」薛蟠瞪了一瞪眼，又說道：「女兒愁……」說了這句，又不言語了。眾人道：「怎麼愁？」薛蟠道：

女兒愁，繡房攛出個大馬猴。

眾人呵呵笑道：「該罰，該罰！這句更不通，先還可恕。」說著便要篩酒。寶玉笑道：「押韻就好。」薛蟠道：「令官都准了，你們鬧什麼！」眾人聽說，方才罷了。雲兒笑道：「下兩句越發難說了，我替你說罷。」薛蟠道：「胡說！當眞的我就沒好的了！聽我說罷。」

只聽他唱道：

女兒喜，洞房花燭朝慵起。

眾人聽了都詫異道：「這句何其太韻！」可見薛蟠並非全無文采，只是半吊子罷了。接著他又回復了本性，說道：

女兒樂，一根几（原字爲左毛右几）巴（原字爲左毛右巴）往裡戳。

眾人聽了，都回頭道說道：「該死，該死！快唱了罷。」薛蟠便唱道：

一個蚊子哼哼哼。

眾人都怔了，說道：「這是個什麼曲兒？」薛蟠還唱道：

兩個蒼蠅嗡嗡嗡。

眾人都道：「罷，罷，罷！」薛蟠道：「愛聽不聽！這是新鮮曲兒，叫作哼哼韻。你們要懶待聽，連酒底都免了，我就不唱。」眾人都道：「免了罷，免了罷，倒別耽誤了別人家。」於是大家讓蔣玉菡接著往下行酒令……。

如此開黃腔的科諢，是透過一種出人意料、非常態的穿插形式，收到喜感與滑稽的效果，以作為場面的調劑。若論科諢之調弄笑樂，當然還是以劇本為大宗。例如《長生殿》第廿一齣〈窺浴〉有兩個丑角上來扮演宮女以伺候明皇與貴妃入浴。這就不是我們平時所看到的正兒八經的永新與念奴，而是換了兩個人上來做科諢，以逗觀眾發噱！

〔丑扮宮女上〕自小生來貌天然，花面；宮娥隊裡我為先，掃殿。忽逢小監在階前，胡纏；伸手摸他褲兒邊，不見。

上場詩結束之後，她開始自我介紹：「我做宮娥第一，標致無人能及。腮邊花粉湖塗，嘴上胭脂狼籍。秋波俏似銅鈴，弓肩彎處筆直。春纖十個擂槌，玉體渾身糙漆。柳腰松段十圍，蓮瓣灘船半只。楊娘娘愛我伶俐，選做霓裳部色。只因喉嚨太響，歌時嘴邊起箇霹靂。身子又太狼伉，舞去衝翻了御筵桌席。皇帝見了發惱，打落子弟名籍。登時發到驪山，派到溫泉殿中承值。昨日鑾輿臨幸，同楊娘娘在華清駐蹕。傳旨要來共浴湯池，只索打掃鋪陳收拾。」

話還沒說完，另一個宮人也上來了：

〔副淨扮宮女上〕擔閣青春，後宮怨女，漫跌腳搥胸，有誰知苦。拼著一世沒有丈夫，做一隻孤飛雁兒舞。

〔見介〕〔丑〕姐姐，妳說甚麼「雁兒」舞！如今萬歲爺，有了楊娘娘的「霓裳」舞，連梅娘娘的「驚鴻」舞，也都不愛了。〔副淨〕便是。我原是梅娘娘的宮人。只為我娘娘，自翠閣中忍氣回來，一病而亡，如今將我拔到這裡。〔丑〕原來如此，楊娘娘十分妒忌，我每再休想有承幸之日。

〔副淨〕罷了。

看來這兩位宮人還挺哀怨的！從他們口中觀眾得知，與楊貴妃爭寵的梅妃，如今已在宮人的一語帶過中，被劇作家給「結果」了！亦即將此角色「順手了之」。這種「隨起隨了」的寫法，目的還是在烘托楊貴妃。因此這也是一種文章的筆法，同時交代了前情〈夜怨〉與〈絮閣〉的結果，很重要的是當場也諷刺了楊貴妃「十分忌妒」的性格。

於是我們發現，在戲劇科諢逗弄的藝術中，自有其嚴肅的一面，它抓住了人性的本質加以嘲諷，讓觀眾在嬉笑怒罵的場景中，體會所有歡笑中所飽含的眼淚。

十四、醉了……——貴妃醉酒、湘雲眠芍

古來通俗文本場域中，男性作家描摹女子醉態，最唯美浪漫的場景，莫過於「貴妃醉酒」與「湘雲眠芍」。前者濃豔情色，後者嬌憨可掬，充分展現了洪昇與曹雪芹對女性美的心慕手追。

洪昇將貴妃醉酒寫在漁陽鼙鼓動地來的前一刻，頗能達到暖風薰得遊人醉，就此驚破一場美夢的強烈戲劇效果。曹雪芹將史湘雲醉眠芍藥裀，寫在賈寶玉與眾女子同天生日的歡樂時光裡，便是將大家的興緻推向了最高峰！同時也是繼「黛玉葬花」、「寶釵撲蝶」之後，再創第三女主

角美麗的定格形象，同時也是在「因麒麟伏白首雙星」與「脂粉香娃割腥啖羶」之後，再爲史湘雲突出的人物性格賦彩。

《長生殿》第廿四齣〈驚變〉寫明皇與妃子小宴，迴避了御廚中烹龍炰鳳堆盤案，和咿咿啞啞樂聲的催攢。只消幾味脆生生的蔬菜水果，即是皇上口中的仙肌玉骨美人餐。隨即他們想起了幾年前在沈香亭上賞牡丹，曾召翰林李白草擬〈清平調〉三章，又令李龜年度成新譜，其詞曲都是一時之選！於是妃子吟唱，皇上親自倚玉笛以和。洪昇用【南泣顏回】重塡〈清平樂〉，讓李白的原作幻化出了新的韻律感：

花繁，穠豔想容顏。雲想衣裳光璨，新妝誰似，可憐飛燕嬌懶。名花國色，笑微微常得君王看。向春風解釋春愁，沈香亭同倚闌干。

妃子唱得好！而皇帝也吹笛吹得盡興！因此便暢快地飲起酒來：

〔生〕妙哉，李白錦心，妃子繡口，眞雙絕矣。宮娥，取巨觴來，朕與妃子對飲。〔老旦、貼送酒介〕

皇帝以暢好的心情，喜孜孜地駐拍停歌，並笑吟吟傳杯送盞。妃子便豪爽地乾一杯，不需要絮煩煩射覆藏鉤，鬧紛紛彈絲弄板。皇帝又勸妃子：再乾一杯。

〔旦〕妾不能飲了。〔生〕宮娥每，跪勸。〔老旦、貼〕領旨。〔跪旦介〕娘娘，請上這一杯。〔旦勉飲介〕〔老旦、貼作連勸介〕

貴妃醉態引起明皇愛憐：

〔生〕我這裡無語持觴仔細看，早只見花一朵上腮間。〔旦作醉介〕妾眞醉矣。〔生〕一會價軟咍咍柳嚲花欹，困騰騰鶯嬌燕懶。妃子醉了，宮娥每，扶娘娘上輦進宮去者。〔老旦、貼〕領旨。〔作扶旦起介〕〔旦作醉態呼介〕萬歲！〔老旦、貼扶旦行〕〔旦作醉態介〕

這齣貴妃醉酒，又稱《百花亭》，後來成爲清朝初年著名的花部地方戲《醉楊妃》：

態懨懨輕雲軟四肢，

影蒙蒙空花亂雙眼，
嬌怯怯柳腰扶難起，
睏沈沈強抬嬌腕，
軟設設金蓮倒褪，
亂鬆鬆香肩嚲雲鬟，
美甘甘思尋鳳枕，
步遲遲倩宮娥攙入繡幃間。

相較於楊妃的醉態撩人，《紅樓夢》第六十二回寫「憨湘雲醉眠芍藥裀」，則多了一分詩意和浪漫。

當時因賈母王夫人不在家，一時沒了管束，便任意取樂，呼三喝四，喊七叫八。滿廳中紅飛翠舞，玉動珠搖，眞是十分熱鬧。玩了一會，大家倏然發現不見了史湘雲！

正說著，只見一個小丫頭笑嘻嘻的走來：「姑娘們快瞧雲姑娘去，吃醉了圖涼快，在山子後頭一塊青板石凳上睡著了。」眾人聽說，都笑道：「快別吵嚷。」說著，都走來看時，果見湘雲臥於山石僻處一個石凳子上，業經香夢沈酣，四面芍藥花飛了一身，滿頭臉衣襟上皆是紅香散亂，手中的扇子在地下，也半被落花埋了，一群蜂蝶鬧穰穰的圍著她，又用鮫帕包了一包芍藥花瓣枕著。眾人看了，又是愛，又是笑，忙上來推喚攙扶。湘雲口內猶作睡語說酒令，唧唧嘟嘟……。

湘雲因多罰了兩杯酒，嬌弱不勝，便在紅香圃睡著了。被飛花亂紅埋了一身，還引來蝴蝶蜜蜂嗡嗡嗡飛繞，我們從眾人「又是愛，又是笑」的反應中，足見她的任性天眞，是多麼受到眾人的欣賞！

十五、獨具隻眼——情慾書寫的祕技

偷窺，是情慾書寫必備的視角。那一隻躲在窗縫裡咕嚕咕嚕轉動的大眼睛，帶著好奇、渴望、驚訝、恥罵與即時的各種評論，勾引著讀者進入文學最私密的空間，共享閱讀他人祕密的樂趣。《金瓶梅》裡，潘金蓮偷聽西門慶與宋蕙蓮床笫間的閑言碎語；《長生殿》中，宮女因好奇而偷看明皇與貴妃入浴；《紅樓夢》寫寧國府尤氏帶著丫鬟暗中窺視丈夫賈珍與諸多富貴子弟們，狎玩男寵，出言下流等各種情景……。則窺伺之筆早已成爲一種常見的文學技法，爲我們挖掘祕辛、窺探人性，同時查找盛世衰亡的原因。

《金瓶梅》第二十三回西門慶吃得半醉，拉著金蓮說道：「小油嘴，我有句話兒和妳說。我要留蕙蓮在後邊一夜兒，後邊沒地方。看妳怎的容她在妳這邊歇一夜兒吧？」潘金蓮平常脾氣就不好，遇到這種事情，如何能忍耐？不過她還是把春梅推出來當藉口，她說：「就算我答應，春梅也不肯！」西門慶只好退一步說道：「既是妳娘兒們不肯，罷！我和她往山子洞兒那裡過一夜。妳吩咐丫頭拿床鋪蓋，生些火兒。不然，這一冷怎麼當？」

西門慶爲了和別的女人偷情，找潘金蓮幫忙，已經不是第一次，前一回爲了李瓶兒，潘金蓮已是出了大力。所以這一次，儘管金蓮嘴上不饒人，對於大官人的予取予奪，依舊是順服了。只是忍不住笑道：「我不好罵出你來的，賊奴才淫婦，她是養你的娘？你是王祥，寒冬臘月行孝順，在那石頭床上臥冰哩。」西門慶也覺得好笑，說道：「怪小油嘴兒，休奚落我。罷麼，好歹叫丫頭生個火兒。」金蓮道：「你去，我知道。」當晚眾人席散，金蓮吩咐秋菊，果然抱鋪蓋、籠火，在山子底下藏春塢的雪洞裡……。

當晚宋蕙蓮走到花園門首，她以為西門慶還未進來，直到進了藏春塢洞兒內，卻見西門慶早在那裡秉燭而坐。宋蕙蓮進到裡面，但覺冷氣侵人，塵囂滿榻。於是袖中取出兩枝棒兒香，燈上點了，插在地下。雖然地下籠著一盆碳火兒，還是冷得令人打顫兒！蕙蓮蓋著一件貂鼠禪衣。西門慶脫去上衣白綾道袍，坐在床上，把婦人裩了褲，抱在懷裡，兩隻腳蹺在兩邊，那話突入牝中。兩個摟抱，正做得好。卻不防潘金蓮打聽他二人入港了，在房中摘去冠兒，輕移蓮步，悄悄走來竊聽。

她偷偷走到角門首，推開門，遂潛身悄步而入。也不怕蒼苔冰透了凌波，花刺抓傷了裙褶，躡跡隱身，在藏春塢月窗下站聽。良久，只見裡面燈燭尙明，她聽見蕙蓮的笑聲說：「冷鋪中舍冰，把你賊受罪不濟的老花子，就沒本事尋個地方兒，走在這寒冰地獄裡來了！口裡銜著條繩子，凍死了往外拉。」又道：「冷合合的，睡了罷，怎的只顧端詳我的腳？你看過那小腳兒的來，像我沒雙鞋面兒，哪個買與我雙鞋面兒也怎的？看著人家做鞋，不能彀做！」西門慶安慰她說道：「我兒，不打緊，到明日替妳買幾錢的各色鞋面。誰知妳比妳五娘腳兒還小！」

這話題就轉到了五娘潘金蓮身上了，潘金蓮一邊向裡頭窺視，一邊關注這對男女是如何地拿她來嚼舌根子。只聽婦人說道：「我拿甚麼比她？昨日我拿她的鞋略試了試，還套著我的鞋穿。

倒也不在乎大小，只是鞋樣子周正才好。」這意思就是說：我的腳比她還小，我穿上鞋子還能套進她的鞋子！大小是不要緊啦，不過她的腳形也不周正。就惡毒的話讓潘金蓮給聽見了，她當場氣得火冒三丈！

接著又聽蕙蓮問西門慶：「你家第五的秋胡戲，你娶他來家多少時了？是女招的，是後婚兒來？」西門慶道：「也是回頭人兒。」婦人說：「嗔道恁久慣牢成！原來也是個意中人兒，露水夫妻。」這金蓮不聽便罷，聽了氣得在外兩隻胳膊都軟了，半日移腳不動，恨恨地說道：「若教這奴才淫婦在裡面，把俺們都吃她撐下去了！」可是又想到，如果當場聲張罵起來，又恐怕西門慶性子不好，逞了淫婦的臉。待要含忍了他，恐怕他明日不認。

「罷罷！留下個記兒，使他知道，到明日我和他答話。」於是走到角門首，拔下頭上一根銀簪兒，把門倒銷了，懊恨歸房。晚景題過。

相較於潘金蓮怒氣沖沖地偷窺宋蕙蓮，想聽她怎樣在背後貶低自己，《長生殿》中永新和念奴卻是懷著羨慕又好奇的心情，想一窺世間美女楊玉環撩人的體態。當然劇作家最終的目的是希望透過她兩人的眼睛，帶領讀者審視女主角的愛慾。劇本第廿一齣〈窺浴〉：

〔生〕妃子，妳看清渠屈注，洄瀾皺漪，香泉柔滑宜素肌。朕同妃子試浴去來。〔老、貼與生、旦脫去大衣介〕〔生〕妃子，只見妳款解雲衣，早現出珠輝玉麗，不由我對妳、愛妳、扶妳、覷妳、憐妳！〔生攜旦同下〕

〔老旦〕念奴姐，妳看萬歲爺與娘娘恁般恩愛，眞令人羨殺也。〔貼〕便是。

〔老旦〕姐姐，我與妳伏侍娘娘多年，雖睹嬌容，未窺玉體。今日試從綺隙處，偷覷一覷何如？〔貼〕恰好，〔同作內窺介〕水紅花〔合〕悄偷窺，亭亭玉體，宛似浮波菡萏，含露弄嬌輝。

【浣溪紗】輕盈臂腕消香膩，綽約腰身漾碧漪。望吾鄉〔老旦〕明霞骨，沁雪肌。〔貼〕一痕酥透雙蓓蕾，〔老旦〕半點春藏小麝臍。傍妝臺〔貼〕愛殺紅巾罅，私處露微微。永新姐，妳看萬歲爺呵，解三酲凝睛睇，〔八聲甘州〕恁孜孜含笑，渾似呆癡。一封書〔合〕休說俺偷眼宮娥魂欲化，則他個見慣的君王也不自持。皀羅袍〔老旦〕恨不把春泉翻竭，〔貼〕恨不把玉山洗頹，〔老旦〕不住的香肩嗚嘬，〔貼〕不住的纖腰抱圍，黃鶯兒〔老旦〕俺娘娘無言匿笑含情對。

〔貼〕意怡怡，月兒高靈液春風，淡蕩恍如醉。排歌〔老旦〕波光暖，日影暉，一雙龍戲出平池。桂枝香〔合〕險把個襄王渴倒陽臺下，恰便似神女攜將暮雨歸。

〔丑、副淨暗上笑介〕兩位姐姐，看得高興啊，也等我每看看。〔老旦、貼〕姐姐，我每伺候娘娘洗浴，有甚高興。〔丑、副淨笑介〕只怕不是伺候娘娘，還在那裡偷看萬歲爺哩。〔老旦、貼〕啐，休得胡說，萬歲爺同娘娘出來也。〔丑、副淨暗下〕〔生同旦上〕

豔情書寫自是《長生殿》的特色之一，歷來也受到諸多評論。後出轉精的《紅樓夢》便出現較爲曲折的筆法。第五回關於秦可卿的判詞云：「情天情海幻情身，情既相逢必主淫。漫言不肖皆榮出，造釁開端實在寧。」判詞前「畫著一座高樓，有一美人懸梁自縊」。這是暗示秦可卿的死，緣於她與公公賈珍的不倫戀情已被婆婆尤氏所發現。這裡即用暗示的筆法告訴我們，尤氏恐怕是經常性地偷窺丈夫的種種齷齪勾當，只這一窺，便和盤托出判詞中的意思：寧國府早已成爲家亡人散、根基毀墮的根由。而尤氏偷窺的情況，到小說第七十五回就完全明朗化了：

那日尤氏侍奉賈母至晚間方回府。在門首，尤氏因見兩邊獅子下放著四五輛大車，便知係來赴賭之人所乘，遂向銀蝶、眾人道：「你看，坐車的是這些，騎馬的還不知有幾個呢！馬自然在圈裡拴著，咱們看不見。也不知道他娘老子掙下多少錢與他們這麼開心兒！」

於是她興起一個念頭，笑道：「成日家我要偷著瞧瞧他們，也沒得便。今兒倒巧，就順便打他們窗戶跟前走過去。」眾媳婦答應著，提燈引路，又有一個先去悄悄的知會服侍的小廝們，不要失驚打怪。於是尤氏一行人悄悄的來至窗下，只聽裡面稱三贊四，耍笑之音雖多，又兼有恨五罵六，忿怨之聲亦不少。

原來賈珍近因居喪，每不得遊玩曠朗，又不得觀優聞樂作遣。無聊之極，便生了個破悶之法。日間以習射爲由，請了各世家弟兄及諸富貴親友來較射。因說：「白白的只管亂射，終無裨益，不但不能長進，而且壞了式樣，必須立個罰約，賭個利物，大家才有勉力之心。」因此，在天香樓下箭道內立了鵠子，皆約定每日早飯後來射鵠子。賈珍不肯出名，便命兒子賈蓉作局家。這些來的皆係世襲公子，人人家道豐富，且都在少年，正是鬥雞走狗，問柳評花的一干遊蕩紈絝。大家議定輪流做東，於是天天宰豬割羊，屠鵝戮鴨，好似臨潼鬥寶一般，都要賣弄自己家的好廚役，好烹炮。

不到半月工夫，賈珍已志不在此，再過一二日便漸次以歇臂養力爲由，晚間或抹抹骨牌，賭個酒東而已。如今三四月的光景，竟一日一日賭勝於射了，王孫公子們公然鬥葉擲骰，放頭開局，夜賭起來。家下人借此各有些進益，巴不得的如此，所以竟成了勢。外人皆不知一字。近日邢夫人之胞弟邢德全也酷好如此，故也在其中。又有薛蟠，頭一個慣喜送錢與人的，見此豈不快樂。這邢德全雖係邢夫人之胞弟，卻居心行事，大不相同，只知吃酒賭錢，眠花宿柳爲樂，手中濫漫使錢，待人無二心，好酒者喜之，不飲者則不去親近，無論上下主僕，皆出自一意，並無貴賤之分，因此都喚他「傻大舅」。薛蟠早已出名的「呆大爺」。今日二人皆湊在一處，都愛「搶新快」爽利，便又會了兩家在外間炕上「搶新快」。別的又有幾家在當地下大桌上打么番。裡間又一起斯文些的，抹骨牌打天九。

此間服侍的小廝都是十五歲以下的孩子，若成丁的男子，到不了這裡，其中有兩個十六七歲孌童以備奉酒的，都打扮的粉妝玉琢。今日薛蟠又輸了一張，正沒好氣，那賈珍說道：「且打住，吃了東西再來。」因問：「那兩處怎樣？」裡頭打天九的，也作了帳等吃飯。打么番的未清，且不肯吃。於是各不能催，先擺下一大桌，賈珍陪著吃，命賈蓉落後陪那一起。此時薛蟠興頭了，便摟著一個孌童吃酒，又命將酒去敬邢傻舅。傻舅輸家，沒心緒，吃了兩碗，便有些醉意，嗔著兩個孌童只趕著贏家，不理輸家了，因罵道：「你們這起兔子，就是這樣專洑上水。天天在一處，誰的恩你們不沾？只不過我這一會子輸了幾兩銀子，你們就三六九等了！難道從此以後再沒有求著我們的事了？」眾人見他帶酒，忙說：「很是，很是。果然他們風俗不好。」因喝命：「快敬酒賠罪！」兩個孌童都是演就的局套，忙都跪下奉酒，說：「我們這行人，師父教的：不論遠近厚薄，只看一時有錢有勢，就親敬；便是活佛神仙，一時沒了錢勢了，也不許去理他。況且我們又年輕，又居這個行次，求舅太爺體恕些我們，就過去了！」說著，便舉著酒俯膝跪下。邢大舅心內雖軟了，只還故作怒意不理。眾人又勸道：「這孩子是實情說話。老舅是久慣憐香惜玉的，如何今日反這樣起來？若不吃這酒，他兩個怎樣起來？」邢大舅已撐不住了，便說道：「若不是眾位說，我再不理。」說著，方接過來一氣喝乾。又斟一碗來。

這邢大舅便酒勾往事，醉露眞情起來，乃拍案對賈珍嘆道：「你們不知我邢家底裡。我母親去世時，我尚小，世事不知。她姊妹三個人，只有你令伯母年長出閣，一分家私，都是她把持帶來。如今二家姐雖也出閣，她家也甚艱窘，三家姐尚在家裡，一應用度，都是這裡陪房王善保家的掌管。我便來要錢，也非要的是你賈府的，我邢家家私，也就夠我花的了。無奈竟不得到手，所以有冤無處訴。」賈珍見他酒後叨叨，恐人聽見不雅，連忙用話解勸。

外面尤氏聽得十分眞切，乃悄向銀蝶笑道：「妳聽見了？這是北院裡大太太的兄弟抱怨她呢。可憐她親兄弟還是這樣說，這就怨不得這些人了。」因還要聽時，正值打么番者也歇住了，要吃酒。因有一個問道：「方才是誰得罪了老舅？我們竟不曾聽明白，且告訴我們評評理。」邢德全見問，便把兩個孌童不理輸的，只趕贏的話說了一遍。這一個年少的紈絝道：「這樣說，原可惱的，怨不得舅太爺生氣。我且問你兩個：舅太爺雖然輸了，輸的不過是銀子錢，并沒有輸丟了雞巴，怎就不理他了？」眾人大笑起來，連邢德全也噴了一地飯。

不雅的言詞流進尤氏耳裡，她在外面悄悄地啐了一口，罵道：「妳聽聽，這一起子沒廉恥的小挨刀的！才丟了腦袋骨子，就胡唚嚼毛了。再肏攮下黃湯去，還不知唚出些什麼來呢！」一面說，一面進自己屋裡去卸妝安歇了。

通俗文本自來藉由「偷窺」，探視出多少不可告人的祕密！又引發出日後多少生活中的風風雨雨，與紅塵間的滔天湧浪！因此窺伺之筆竟也是一枝伏筆，又是劇情轉折的關鍵處。在略略迂迴停頓點上，看似無傷大雅的行爲舉動之間，開啓了小說與戲劇人物下半場的新戰局。潘金蓮鬥得宋蕙蓮求生不得，求死不能！顯現其無比陰狠的手段。明皇與貴妃共浴愛河，春風得意恍如醉的同時，安祿山已經仗著漁陽兵雄將多，長趨殺破了西京！危機已在浴池外……。而尤氏的偷窺則更厲害了，作者藉此回溯了秦可卿的前情，又預告賈珍、賈赦抄家流刑之日，已在不遠。這些一筆多用的書寫技法，很值得我們細細體會。

十六、喜榮華正好，恨無常又到——元春的結局寫在《長生殿》

瘋狂的戰鼓敲碎了唐明皇的溫柔夢，急切之間，帶著楊貴妃倉皇離都。在《長生殿》這齣戲中，扮演軍士者走上了舞臺，手中揮舞著旌旗，雄赳赳氣昂昂地唱道：「擁旄仗鉞前驅，前驅；羽林擁衛鑾輿，鑾輿。匆匆避賊就征途。人跋涉，路崎嶇。知何日，到成都……。」反覆重唱的歌聲中，道出了軍士們反感又無奈的情緒。突然之間，緊繃的壓力反彈爆炸開來！軍士們認爲今天之所以會走到這一步，都是楊國忠專權召亂的結果。六軍被激怒了！他們一擁而上，竟將楊國忠殺死！皇上聽聞此消息，簡直不敢置信：「呀，有這等事！」貴妃也掉下眼淚來：

〔旦作背掩淚介〕〔生沉吟介〕這也罷了，傳旨起駕。〔末出傳旨介〕聖旨道來，赦汝等擅殺之罪。作速起行。〔內又喊介〕國忠雖誅，貴妃尚在。不殺貴妃，誓不扈駕！

皇帝試圖講道理：「國忠縱有罪當加，現如今已被劫殺。妃子在深宮自隨駕，有何干六軍疑訝？」可是陳玄禮卻說：「聖諭極明，只是軍心已變，如之奈何！」皇上此時無語沉吟，意如亂痲。貴妃拉著明皇的衣服哀哀哭泣：「痛生生怎地舍官家！」

舞臺後方合唱聲響起：「可憐一對鴛鴦，風吹浪打，直恁的遭強霸！」接著又是粗暴的吶喊聲響起！楊貴妃哭著說：「眾軍逼得我心驚唬！」唐明皇抱著她，只是發呆。「貴妃，好教我難禁架！」

最後還是貴妃明白了自己此刻的處境：「臣妾受皇上深恩，殺身難報。今事勢危急，望賜自盡，以定軍心。陛下得安穩至蜀，妾雖死猶生也。算將來無計解軍嘩，殘生願甘罷，殘生願甘罷！」她哭倒在皇上的懷裡。明皇緊緊摟著她：「妃子說那裡話！妳若捐生，朕雖有九重之尊，四海之富，要他則甚！寧可國破家亡，決不肯拋捨妳也！」話音剛歇，屋外軍士們繼續鼓譟吶喊，聲聲催人命！

高力士只得上前來送楊玉環最後一程：

願娘娘好處生天。〔旦起哭介〕〔丑跪哭介〕娘娘，有甚話兒，分付奴婢

> 幾句。〔旦〕高力士，聖上春秋已高，我死之後，只有你是舊人，能體聖意，須索小心奉侍。再爲我轉奉聖上，今後休要念我了。〔丑哭應介〕奴婢曉得。〔旦〕高力士，我還有一言。〔作除釵、出盒介〕這金釵一枚，鈿盒一枚，是聖上定情所賜。你可將來與我殉葬，萬萬不可遺忘。〔丑接釵盒介〕奴婢曉得。〔旦哭介〕斷腸痛殺，說不盡恨如麻。

此時陳玄禮及眾軍士們更加急切地脅迫道：「楊妃既奉旨賜死，何得停留，稽遲聖駕？」軍士們不停地吶喊！高力士上前攔住大家：「眾軍士不得近前，楊娘娘即刻歸天了。」

楊玉環在一株梨花樹下上吊自盡了。「紅繡鞋當年貌比桃花，桃花；今朝命絕梨花，梨花。長生殿，恁歡洽；馬嵬驛，恁收煞！」

貴妃死後一千年，《紅樓夢》裡出現了賈元妃。妃子回家省親，宴席間即點了一齣《長生殿》。脂硯齋在此寫下一句批語：「伏元春之死。」則元妃的結局也如同楊妃嗎？

《紅樓夢》第五回，關於賈元春的判詞和判曲：「二十年來辨是非，榴花開處照宮闈。三春爭及初春景，虎兕相逢大夢歸。」「喜榮華正好，恨無常又到。眼睜睜把萬事全拋，盪悠悠芳魂消耗。望家鄉，路遠山遙；故向爹孃夢裏相尋告，兒命已入黃泉。天倫啊，須要退步抽身早！」

在這判詞和判曲中，似乎隱隱透露出賈元春的結局絕非如現存的續書版本：死於痰疾。所謂「虎兕相逢大夢歸」之「虎兕」乃是極兇惡的猛獸，也可能指涉了朝廷兩股強大勢力的爭鬥。而賈元春是否也就如同楊貴妃，死於兩大權力的傾軋與鬥爭之中？

我們如今從判曲中看到賈元春在臨終前，也像楊玉環那樣：「望家鄉，路遠山遙。」此處顯見，元妃也死在了外地，與父母親人相隔遙遠。曹雪芹寫元春省親時點了一齣《長生殿・乞巧》戲文，故事中的女主角楊貴妃正是因安史之亂而被迫與唐明皇逃往蜀地，卻在在路上被逼自縊而身亡。如果《紅樓夢》的作者是以楊貴妃來作爲影射元春，那麼她很可能在八十回後結局中，也是被賜死的。賈元春與皇帝的感情，恐怕不如楊貴妃與唐明皇那般深厚，是故一旦賈家出錯，她便容易爲家族所牽連。而當元春被賜死之後，那偌大家族被抄家的命運也就隨之而來了。

十七、唱不盡興亡夢幻——曲終

《紅樓夢》第十一回，在東府賈敬大老爺的生辰壽宴上，王夫人交代鳳姐兒點兩齣好戲給大家看看，鳳姐兒於是點了《牡丹亭・還魂》與《長生殿・彈詞》。這說明在曹雪芹生活的年代，這兩齣戲於貴族歡宴之間，有多麼受歡迎！

當日王熙鳳來到東府，先去探望病中的秦可卿，沒想到回程經過花園，竟受到愛慕者賈瑞的百般糾纏。好不容易脫身，她剛轉過了一重山坡，只見兩三個婆子慌慌張張走來，她們見了鳳姐兒，笑說道：「我們奶奶見二奶奶只是不來，急得了不得！叫奴才們又來請奶奶來了。」鳳姐兒說道：「你們奶奶就是這麼急腳鬼似的。」

我們來看看鳳姐兒點戲的節奏。她先是慢慢兒地走著，然後問道：「戲唱了幾齣了？」那婆子回道：「有八九齣了。」這樣鳳姐兒就能掌握接下來還剩多少時間？該點什麼戲，方能讓大家看得盡興，又可以準時散場。說話之間，她們已來到了天香樓的後門，見寶玉和一群丫頭們在那裡玩呢。鳳姐兒說道：「寶兄弟，別忒淘氣了！」有一個丫頭說道：「太太們都在樓上坐著呢，請奶奶就從這邊上去罷。」

鳳姐兒這會兒既有了主意，便輕快地款步提衣上樓，只見那尤氏已在樓梯口等著呢。尤氏笑說道：「妳們娘兒兩個忒好了，見了面總捨不得來了。妳明日搬來和她住著罷。妳坐下，我先敬妳一鍾。」於是鳳姐兒在邢、王二夫人前告了坐，又在尤氏的母親前周旋了一遍，仍同尤氏坐在一桌上吃酒聽戲。尤氏叫拿戲單來，讓鳳姐兒點戲。鳳姐兒說道：「親家太太和太太們在這裡，我如何敢點！」邢夫人、王夫人說道：「我們同親家太太都點了好幾齣了，妳點兩齣好的我們聽。」鳳姐兒立起身來，答應了一聲，方接了戲單，從頭一看，點了一齣〈還魂〉，一齣〈彈詞〉，遞過戲單去說：「現在唱的這〈雙官誥〉，唱完了，再唱這兩齣，也就是時候了。」

在這些女眷們說說笑笑之間，所有點的戲都唱完了，方才撤下酒席，擺上飯來，連同賈珍一家子弟兄、子侄都吃過了晚飯，大家方散了。

然而王熙鳳所點的〈彈詞〉，也並非全然只是為了席上眾人的視聽娛樂，它同時還預告著賈府的興亡盛衰。戲中的主角是一位在安史之亂中流亡到江南的老伶工，他一路上為了謀生，便在大街小巷賣藝，抱著琵琶「唱不盡興亡夢幻，彈不盡悲傷感嘆。」他淒涼滿眼回眸對江山。如果有人肯花錢請他彈曲，他便「撥繁弦傳幽怨，翻別調寫愁煩，慢慢的把天寶當年遺事彈。」所謂「天寶遺事」，在民間老百姓心目中最感興趣的話題便是楊玉環的愛情，路邊的聽眾沒有人見過楊貴妃，大家都好奇，她究竟美到什麼程度？於是老伶工便用唱詞來滿足大家的好奇心：「那娘娘生得來仙姿佚貌，說不盡幽閒窈窕。眞個是花輸雙頰柳輸腰，比昭君增妍麗，較西子倍風標，似觀音飛來海嶠，恍嫦娥偷離碧宵。更春情韻饒，春酣態嬌，春眠夢悄。總有好丹青，那百樣娉婷難畫描。」

楊娘娘如此美麗！皇上一定很愛她囉？「那君王看承得似明珠沒兩，鎮日裡高擎在掌。賽過那漢宮飛燕倚新妝，可正是玉樓中巢翡翠，金殿上鎖著鴛鴦，宵偎晝傍。直弄得個伶俐的官家顛不剌、懵不剌，撇不下心兒上。馳了朝綱，占了情場，百支支寫不了風流帳……。」

這位老伶工眞是得天獨厚！他之所以能夠這樣實況般地轉播明皇與貴妃的愛情篇章，便是因爲他在梨園中地位很高，而且曾經得到楊貴妃親傳的「霓裳羽衣」：

當日呵，那娘娘在荷庭把宮商細按，譜新聲將霓裳調翻。晝長時親自教雙環。舒素手，拍香檀，一字字都吐自朱唇皓齒間。恰便似一串驪珠聲和韻閒，恰便似鶯與燕弄關關，恰便似鳴泉花底流溪澗，恰便似明月下泠泠清梵，恰便似緱嶺上鶴鳴高寒，恰便似步虛仙珮夜珊珊。傳集了梨園部、教坊班，向翠盤中高簇擁著個娘娘，引得那君王帶笑看。

如此美好的人生！好到令人隱隱約約感覺到不祥。果然驚天動地的鐵馬金戈襲擊摧毀了許許多多人的前半生涯。老人家睜著慌慌張張的眼睛，奮力抖動著白花花的長髯，那惶恐不安的表情中，分明訴說著他曾親眼所見，亂離中大家紛紛逃難的恐怖景象：

恰正好嘔嘔啞啞霓裳歌舞，不提防撲撲突突漁陽戰鼓。劃地裡出出律律紛紛攘攘奏邊書，急得個上上下下都無措。早則是喧喧嗾嗾、驚驚遽遽、倉倉卒卒、挨挨拶拶出延秋西路，鑾輿後攜著個嬌嬌滴滴貴妃同去。又只見密密匝匝的兵，惡惡狠狠的語，鬧鬧炒炒、轟轟剨剨四下喳呼，生逼散恩恩愛愛、疼疼熱熱帝王夫婦。

而大家最關心的一代佳人，最後結局如何呢？

霎時間畫就了這一幅慘慘淒淒絕代佳人絕命圖。

楊貴妃慘死的景象，老伶工演唱不絕。觀眾驚嘆、唏噓、感傷。裡頭有個年輕人忍不住上前問候，老伶工這才道出了自己的身分和姓名：

〔末〕您官人絮叨叨問俺爲誰，則俺老伶工名喚做龜年身姓李。

原來在我們眼前演唱的乃是當年梨園大師李龜年！那麼，追問他姓名的這個年輕人又是誰呢？

他正是當年暗中吹鐵笛偷曲的李謩。人世間物換星移幾度秋，到頭來，能夠重演「霓裳羽衣」者，僅存漂泊於江湖的二李。

而《紅樓夢》故事開篇不久，諸多繁華榮景正當方興未艾，卻在大家長的壽宴中，演唱〈彈詞〉。這終究不是爲了吉慶，而是爲了預告，在一個強大帝國盛極而衰的巨幅屏幕底下，預告了賈府的未來。

第三章

多愁多病身，傾國傾城貌

曹雪芹援引《牡丹亭》於《紅樓夢》各章回，卻又在《桃花扇》空前盛況的演出現實環境中，於《紅樓夢》中隻字未提《桃花扇》，而是以寶、黛的情感遇合，與賈寶玉的參悟出塵等具體情節來追附侯方域、李香君的戀愛，與兩人出家的結局。則曹雪芹以《紅樓夢》針對《牡丹亭》與《桃花扇》所做的兩種互文，不僅豐富了《紅樓夢》的文本深度，同時延伸與擴充了《牡丹亭》與《桃花扇》兩齣戲的文學思想廣度。因此，我們將從《紅樓夢》與《牡丹亭》、《桃花扇》兩部劇本的三方交叉對話視角，以及曹雪芹與孔尚任爲文學創作而尋訪南京地景的交集路線，深入考察兩齣大戲在《紅樓夢》作者的創造意識中，所占有的特殊地位。同時以作家的歷史感與文學地圖的重新擘劃，掌握三部鉅著從內而外的複雜關聯性。

一、明清兩代的主情思想

一五九八年《牡丹亭》劇作誕生以來，明清文人的「主情思想」登上了高峰。儘管湯顯祖（一五五〇—一六一六）塡調湊韻，多有不諧，鄉音亦夥，然其案頭之作文采斐然、內涵情思蘊藉悠長，實則更引發後起作家由「詩言志」轉而爲「曲言志」的文學風潮，即藉由俗文本創作以寄託個人心志與抱負。此間引用《牡丹亭》轉而抒發興亡盛衰及大旨言情等創作意識之作家作品，可推《桃花扇》與《紅樓夢》。

《桃花扇》的作者具有高度求信實的歷史意識。孔尚任（一六四八—一七一八）在〈凡例〉中指出：「朝政得失，文人聚散，皆確考時地，全無假借。至於兒女鍾情，賓客解嘲，雖稍有點染，亦非烏有子虛之比。」因此，雖然這齣戲以浪漫的愛情故事爲主軸，然侯方域與李香君的纏綿情衷，聚散離合，仍屬實人實事，猶如劇中的老贊禮所云：「當年眞如戲，今日戲如眞。」此劇描述弘光小王朝從福王朱由崧昏庸荒佚，到馬士英、阮大鋮結黨營私，枉顧國家大體，乃至江北四鎭跋扈不馴，左良玉以就糧爲名揮兵東進，最終史可法孤臣無力回天，小王朝因而迅速覆滅。作者將此全幅歷史過程，譜寫成膾炙人口的戲劇演出，則孔尚任的創作意識，我們可透過劇中柳敬亭的話來掌握：「這些含冤的孝子忠臣，少不得還他個揚眉吐氣，那些得意的奸雄邪黨，免不了加他些人禍天誅。」這是作者「以曲言志」的創作意識，而女主人公李香君在此「懲創」爲題旨的文本中，曾幾度演唱過《牡丹亭》，則可視爲孔尚任又將《牡丹亭》的內涵作了進一步的轉化與重新展演。

至《紅樓夢》出，曹雪芹（一七一五—一七六三）更援引《牡丹亭》曲文爲寶、黛愛情架構出靈犀相通的知音論，同時與《桃花扇》共同具有「史筆」意識。《紅樓夢》第一回作者云：

「滿紙荒唐言，一把辛酸淚。都云作者癡，誰解其中味？」脂硯齋批語指出：「作者用史筆也。宜作史筆看。深意他人不解。作者秉刀斧之筆，撰成此書，一字不可更，一語不可少。」「字字看來皆是血」「實寫幼時往事，可傷。」「凡野史俱可毀，獨此書不可毀。」以上均可見《紅樓夢》作者以小說證史的寫作意識，則孔尚任與曹雪芹二人重視將小說、戲曲與歷史進行對話的創作態度，即爲本文立論的起點。綜上所述，小說與戲曲作家之創作意圖之一，乃在趨近歷史原貌，此即爲本文主標題所謂「歷史意識」。事實上，孔尚任與曹雪芹爲了讓作品還原歷史現場，他們都曾實際走訪南京以考察歷史上的文化現象。這兩段相隔七十年的歷史遊蹤，尤其是他們的交會處，也是本文追蹤的焦點。而將兩位作家的踏查地點對照《桃花扇》與《紅樓夢》兩部作品中所提及的具體地理位置，以及他們對於此地的深厚文化情懷，再整理出這些地方自古至今的環境變化，便是本文主標題所謂「地理書寫」。考察這一連串問題，或許可以爲學術界長期關注這兩部書在表面上沒有交集，卻於文脈內在肌理中含藏著絲絲縷縷的關聯，作出解釋。尤有甚者，《牡丹亭》的作者湯顯祖亦曾於南京任官，他在此地的行旅遊蹤，以及思想境界的進一步開展，亦爲本文考察焦點。以作爲三部著作思想意涵得以交叉論述的立基點之一。

曹雪芹之熱愛《牡丹亭》已見於小說各章回，卻又在《桃花扇》空前盛況的演出現實環境中，於《紅樓夢》裡隻字未提《桃花扇》，而是以寶、黛的情感遇合，與賈寶玉的參悟出塵等具體情節來追附侯方域、李香君的戀愛，與兩人出家的結局，則曹雪芹以《紅樓夢》針對《牡丹亭》與《桃花扇》所做的兩種互文，不僅豐富了《紅樓夢》的文本深度，同時擴充了《牡丹亭》與《桃花扇》兩齣戲的文學思想廣度。而證諸《紅樓夢》各章回中，主角人物對《牡丹亭》的欣賞與重視，曹雪芹實則已視《牡丹亭》於一般戲曲之上，因而占有經典地位。是故他每每以《紅樓夢》與之互文，希望能夠在與經典對話的空間裡，讓杜麗娘的精神過渡到林黛玉的美學底蘊深處，進而烘托出一位既具古典神髓，又超脫世俗說部裡一般佳人形象的特殊女性人物。尤麗文在〈小姑女神的放逐與招魂——從杜麗娘到林黛玉談家國想像的傳承與演變〉一文中亦指出：

> 《牡丹亭》與《紅樓夢》都透過「情」來闡述主旨，在由「情」而「道」上，兩者各自表述，但是《紅樓夢》引用《牡丹亭》，使得《紅樓夢》與作爲前文本（pre-text）的《牡丹亭》構成對話的關係，產生了「互文性」，形成意義互釋。《紅樓夢》與作爲前文本的《牡丹亭》的對話，既能幫助閱讀者理解創作者的寄寓，也使得《紅樓夢》透過《牡丹亭》進行跨越歷史時空限制的交流，「體現了空間的共時性而不是時間的延續性的原則」，具有對《牡丹亭》文本精神的延續與探討的意義，提供了讀者一

個更爲開放的解釋空間。

二、《紅樓夢》如何引用《牡丹亭》？

《紅樓夢》中出現《牡丹亭》者，可分爲三類場景，包含：宮廷貴妃省親宴席、主人要求家班伶人專演，以及家班日常的排練。其間爲何特別要求演出《牡丹亭》？

（一）宮廷、民間、文人三方交集的好戲

《紅樓夢》第十八回，元妃省親時，由於十二個女戲，在〈豪宴〉、〈乞巧〉、〈仙緣〉、〈離魂〉等四齣戲上演出不凡。「一個個歌欺裂石之音，舞有天魔之態。雖是妝演的形容，卻作盡悲歡情狀。」戲演得好，便有一太監執金盤糕點進來問道：「誰是齡官？貴妃有諭，說『齡官極好，再作兩齣戲，不拘哪兩齣就是了。』」領班的賈薔連忙命齡官作〈遊園〉、〈驚夢〉二齣。雖然齡官堅持此二齣非本角之戲，執意不作，定要作〈相約〉、〈相罵〉。然而賈薔的指定

劇目，實有其背景。

根據《清代宮廷承應開場戲劇本輯校》等著，清宮立春時節的承應戲有《早春朝賀》一齣，其中的「小花郎」便與《牡丹亭》第九齣〈肅苑〉相似，都有花郎吊場。事實上《牡丹亭》的〈肅苑〉即是丑角小花郎的主場戲，杜麗娘因陳最良老師離去，便趕緊吩咐花郎掃除花徑，於是有以下的一段戲文：

> 且喜陳師父去了。叫花郎在麼？（叫介）花郎！
>
> **【普賢歌】**（丑扮小花郎醉上）**一生花裡小隨衙，偷去街頭學賣花。令史們將我擄，祗候們將我搭，**狠燒刀、險**把我嫩盤腸生灌殺。**（見介）春姐在此。（貼）好打。私出衙前騙酒，這幾日菜也不送。（丑）有菜夫。（貼）水也不梘。（丑）有水夫。（貼）花也不送。（丑）每早送花，夫人一分，小姐一分。（貼）還有一分哩？（丑）這該打。（貼）你叫什麼名字？（丑）花郎。（貼）你把花郎的意思，搊箇曲兒俺聽。搊的好，饒打。（丑）使得。

【梨花兒】小花郎看盡了花成浪，則春姐花沁的水洸浪。和你這日高頭偷眼眼，嗏，好花枝乾鱉了作麼朗！（貼）待俺還你也哥。

【前腔】小花郎做盡花兒浪，小郎當夾細的大當郎？（丑）哎喲，（貼）俺待到老爺回時說一浪，（采丑髮介）嗏，敢幾箇小榔頭把你分的朗。（丑倒介）罷了，姐姐爲甚事光降小園？（貼）小姐大後日來瞧花園，好些掃除花徑。（丑）知道了。

小花郎唱這一段〈普賢歌〉的用意是爲了讓女主角杜麗娘有時間於後臺換裝，關於吊場，清李漁《閒情偶寄．演習．語言惡習》云：「如兩人三人在場，二人先下，一人說話未了，必宜稍停以盡其說，此謂吊場，原係古格。」此承先啓後、勾連起前後場次的腳色，便是用來吊場的人物。清宮戲在立春時節演出的劇目《早春朝賀》便借用了花郎掃徑這一段落來演出，由此可一窺《牡丹亭》在宮中流行及廣受歡迎的具體情況。這可說是宮中挪移了文人戲的小片段，作爲帝王與后妃劇場娛樂所用，因此達到不同階層藝術品味之特殊揉合效果。

不僅〈肅苑〉一折爲宮中所喜，連同〈肅苑〉的下一折〈勸農〉也很有效地被轉換成宮廷承應戲的固定曲目。我們從康熙第四度南巡時，曹寅所安排的戲文中，可以看到〈勸農〉不僅有娛樂效果，同時這段戲文也是很適合轉化爲政治教化訴求的劇目，例如：曹寅本人創作的《太平樂事》一戲中，有一個燈謎便與〈勸農〉直接相關。而且〈勸農〉一直演到乾隆第二次下江南，當時揚州太平班也曾爲皇室演出此戲。這是因爲清朝治國特重農業文化與農業政策，因此《牡丹亭．勸農》一戲，便成爲宮廷、民間、文人三方共同交集的戲文。而皇室成員對《牡丹亭》戲劇的熟稔，更將某些劇目的涵義加以吸收、轉化與認同，或許就是當日元妃省親時，賈薔敦促齡官演出《牡丹亭》的背景因素。

（二）家班名伶的拿手好戲——《牡丹亭》主情思想如何過渡給《紅樓夢》

清代民間有私家畜養童伶，教習崑曲的風氣，此風實際上起源於嘉靖、萬曆年間，直到清初風氣依然盛行。家班可由女伶、優僮或職業演員組成。明清士大夫畜養優伶的同時，也親自譜寫崑曲劇本。因文人的參與，崑曲藝術逐漸樹立起尚雅、含蓄的美學標準。考察各家班的擅長劇目有：黃瀠泰家班的《琵琶記》、德音班的《一捧雪》、洪充實家班的《邯鄲夢》、張大安家班的《西樓記》、《長生殿》、《占花魁》，還有老徐班的《琵琶記》、《西樓記》，以及王文治家班因有淡雲、微雲、拂雲三女伶而特稱爲「彩雲班」，其擅長曲目是《牡丹亭》、《邯鄲記》、《西樓記》與《長生殿》。值得一提的還有如皋名士冒辟疆的家班，擅演《牡丹亭》與

《邯鄲夢》。其中蘇州王永寧是吳三桂的女婿，置宅於拙政園，亦蓄養女樂。王永寧在康熙十年（一六七二年）曾邀請戲曲名家李漁過府欣賞其家班演出的《牡丹亭．驚夢》。他也曾爲太倉王時敏家祝壽而獻戲。而李漁家班的名戲劇目中又有《琵琶記》。而以上這些劇目則全都出現在《紅樓夢》賈府家班壽宴、酬神戲等演出清單中。可見《紅樓夢》作者也如實地記錄了當時社會上各著名家班的流行戲碼，以及演出的主要場合。此外，清初揚州鹽商之首江春，他的家班網羅了多位當時蘇州、揚州兩地的小旦名家，其中有金德輝擅演〈尋夢〉，號稱「纏綿至極」，因此聽從兩淮鹽務衙門派差，專門負責皇帝南巡之承應戲。我們想理解鹽官出身，經歷蘇州、揚州兩地的林黛玉，於青春情竇初開時，爲何一瞬間突然領略了《牡丹亭》之美？上述資料也是值得參考的背景之一。考察清初的家班的演出環境，使我們認識到曹雪芹敏銳而自覺的歷史意識，與後文孔尚任創作《長生殿》所發揮的透視時間、空間的能力，可謂互相輝映。

以上各家班的演出不僅證實了《紅樓夢》中所描寫的景況具有寫實性，同時反映出《牡丹亭》經常是各家班名伶專精的好戲。這就成爲《紅樓夢》三十六回，寶玉找家班女伶唱一段《牡丹亭》的實際背景。

一日，寶玉因各處遊得煩膩，便想起《牡丹亭》曲來，自己看了兩遍，猶不愜懷，因聞得梨香院的十二個女孩子中有小旦齡官最是唱得好，因著意出角門來找時，只見寶官、玉官都在院內，見寶玉來了，都笑嘻嘻的讓坐。寶玉因問「齡官在那裡？」眾人都告訴他說：「在她房裡呢。」寶玉忙至她房內，只見齡官獨自倒在枕上，見他進來，文風不動。寶玉素習與別的女孩子玩慣了的，只當齡官也同別人一樣，因進前來身旁坐下，又陪笑央她起來唱「裊晴絲」一套。不想齡官見他坐下，忙抬身起來躲避，正色說道：「嗓子啞了。前兒娘娘傳進我們去，我還沒有唱呢。」寶玉見她坐正了，再一細看，原來就是那日薔薇花下划「薔」字那一個。又見如此景況，從來未經過這番被人棄厭，自己便訕訕的紅了臉，只得出來了。寶官等不解何故，因問其所以。寶玉便說了出來。寶官便說道：「只略等一等，薔二爺來了叫她唱，是必唱的。」寶玉聽了，心下納悶，因問：「薔哥兒哪去了？」寶官道：「才出去了，一定還是齡官要什麼，他去變弄去了。」

文中提及，齡官想要什麼，賈府的主子賈薔便想辦法變弄。可見家班伶人因戲唱得好，尤其是《牡丹亭》一劇演出精湛，便能成爲被家主人捧在掌心上的明珠。甚至於心高氣傲，連賈寶玉想聽曲，都被她拒絕了。而賈薔便是元妃省親當日敦促齡官唱〈驚夢〉、〈尋夢〉的主兒，可見這位寧國府的正派玄孫對於《牡丹亭》亦是熟稔，而且可能情有獨鍾。

（賈寶玉）少站片時，果見賈薔從外頭來了，手裡又提著個雀兒籠子，上面扎著個小戲臺，並一個雀兒，興興頭頭往裡走著找齡官。見了寶玉，只得站住。寶玉問他：「是個什麼雀兒？會銜旗串戲臺？」賈薔笑道：「是個玉頂金豆。」寶玉道：「多少錢買的？」賈薔道：「一兩八錢銀子。」一面說，一面讓寶玉坐，自己往齡官房裡來。寶玉此刻把聽曲子的心都沒了，且要看他和齡官是怎樣。只見賈薔進去笑道：「妳起來，瞧這個玩意兒。」齡官起身問：「是什麼？」，賈薔道：「買了個雀兒妳玩，省得天天悶悶的沒個開心。我先玩個妳看。」說著，便拿些穀子哄得那個雀兒在戲臺上亂串，銜鬼臉旗幟。眾女孩子都笑道「有趣！」，獨齡官冷笑了兩聲，賭氣仍睡去了。賈薔還只管陪笑，問她好不好。齡官道：「你們家把好好的人弄了來，關在這牢坑裡學這個勞什子還不算，你這會子又弄個雀兒來，也偏生幹這個。你分明是弄了它來打趣形容我們，還問我好不好。」賈薔聽了不覺慌起來，連忙賭身立誓。又道：「今兒我哪裡的脂油蒙了心！費一二兩銀子買它來，原說解悶，就沒有想到這上頭。罷，罷！放了生，免免妳的災病。」說著，果然將雀兒放了，一頓把將籠子拆了。齡官還說：「那雀兒雖不如人，他也有個老雀兒在窩裡，你拿了它來弄這個勞什子也忍得！今兒我咳嗽出兩口血來，太太打發人來找你叫人請大夫來細問問，你且弄這個來取笑。偏生我這沒人管沒人理的，又偏病。」說著又哭起來。賈薔忙道：「昨兒晚上我問了大夫，他說不相干。他說吃兩劑藥，後兒再瞧。誰知今兒又吐了。這會子請他去。」說著，便要請去。齡官又叫「站住！這會子大毒日頭地下，你賭氣子去請了來我也不瞧。」賈薔聽如此說，只得又站住。寶玉見了這般景況，不覺癡了，這才領會了劃「薔」的深意。自己站不住，也抽身走了。

一個家班女伶惹得賈府兩位公子意惹情牽，那賈薔一心都在齡官身上，也顧不得迎送寶玉。而寶玉回到怡紅院中，正值林黛玉和襲人坐著說話兒。

寶玉一進來，就和襲人長嘆道：「我昨晚上的話竟錯了，怪道老爺說我是『管窺蠡測』。昨夜說妳們的眼淚單葬我，這就錯了。我竟不能全得了。從此後只是各人各得眼淚罷了。」

看來寶玉爲了齡官而一時間思緒纏綿，輾轉反側而無可自拔。這是《牡丹亭》主情思想過渡給《紅樓夢》的一條顯見的脈絡。

（三）學術思潮下的產物

《牡丹亭》一劇意在寫「情」，湯顯祖於〈題詞〉中表明：「情不知所起，一往而深。生者可以死，死可以生。生而不可與死，死而不能復生者，皆非情之至也。」將此劇放在晚明的學術思想脈絡中，我們不難發現其主情論述不僅僅在於表現杜麗娘與柳夢梅的男女之愛，同時也爲了彰顯人性中至情至性的眞誠情感。尤其是在此眞誠情感受到倫理教條壓迫時，所展現的強度與韌性，這便是湯顯祖所欲強調的文學思想。其用意與目的在反抗以程朱理學爲主流價值的社會綱常。程朱理學尊三綱五常爲天理，因而凡事以理相格，由此壓抑了人性與人欲。湯顯祖特意強調：「第云理之所必無，安知情之所必有邪！」人性中眞情流露的一刻，必定能推倒以理相格的僵化觀念。《紅樓夢》中賈珍哭秦可卿、齡官雨中畫薔、藕官燒紙、晴雯死前對寶玉說的話等等，都是至情至性、眞情流露的時刻，曹雪芹在《紅樓夢》開篇第五回即叩問世人：「開闢鴻蒙，誰爲情種？」則本書定調在「大旨談情」，乃是集所有「風情月債」於一說部，以挑戰世人根深柢固的理學權威思潮。事實上，湯顯祖作爲抗議程朱思想的一員，他正是王陽明心學後繼者泰州學派羅汝芳的弟子，並且衷心私淑推動「童心說」的李贄。從羅汝芳強調：「赤子良心不學不慮」，但求「當下渾淪順適」，意即順著本心去發揮，便無需壓抑和克制。李贄也公開宣稱：「穿衣吃飯，即是人倫物理。」這些觀念對於湯顯祖說出：「第云理之所必無，安知情之所必有邪！」產生了相當的影響，同時也爲《紅樓夢》「情觀」的誕生，做了社會與學術背景的鋪墊。

此外，我們還需留意《紅樓夢》的作者在宮廷承應戲上，以及貴冑家班的私下演出中，都只提及《牡丹亭》的劇目和曲牌，而未有實際演出的描寫。由這個特殊現象，我們可以明顯地看到《牡丹亭》這齣戲在曹雪芹心目中的地位不同於一般，因爲曹雪芹並未讓它在正式場合中上演，實際上有關於它的演出，在《紅樓夢》裡根本談不上正式或非正式場合，當它最精闢的曲文流進林黛玉的隔牆之耳，竟無意間打中了她的心坎，乃是在小伶人的日常練習之中。特別是在林黛玉向來不太喜愛曲文，也不太重視崑曲《牡丹亭》的前提下，一段經典戲文突然鑽進了戀愛中人的心裡，就因爲這幾句曲文唱出了她的心聲。正是唱者無心，聽者有情，便讓《牡丹亭》成爲她情感生活的註解，原本纏繞於心中無以名之的某種情緒，如今知道了，那叫做「愛情」。而聽曲之前最重要的鋪墊乃是寶、黛共讀《西廂》以及一同葬花。

《紅樓夢》第二十三回：

正當三月中浣，早飯後，寶玉攜了一套《會眞記》，走到沁芳閘橋那邊桃花底下一塊石上坐著，展開《會眞記》，從頭細玩。正看到「落紅成陣」，只見一陣風過，把樹頭上桃花吹下一大半來，落得滿身滿書滿地皆是。寶玉要抖將下來，恐怕腳步踐踏了，只得兜了那花瓣，來至池邊，抖在池內。那花瓣浮在水面，飄飄蕩蕩，竟流出沁芳閘去了。回來只見地下還有許多花瓣，寶玉正踟躕間，只聽背後有人說道：「你在這裡作什麼？」寶玉一回頭，看是林黛玉來了，她肩上擔著花鋤，鋤上掛著花囊，手內拿著花帚。寶玉笑道：「好，好，來罷！把這個花掃起來，撂在那水裡。我才撂了好些在那裡呢。」黛玉道：「撂在水裡不好。你看這裡的水乾淨，只一流出去，有人家的地方髒的臭的混倒，仍舊把花遭塌了。那畸角上我有一個花塚，如今把它掃了，裝在這絹袋裡，拿土埋上，日久不過隨土化了，豈不乾淨？」

寶玉聽了，喜不自禁，笑道：「待我放下書，幫妳來收拾。」黛玉道：「什麼書？」寶玉見問，慌得藏之不迭，便說道：「不過是《中庸》、《大學》。」黛玉笑道：「你又在我跟前弄鬼。趕早兒給我瞧瞧，好多著呢。」寶玉道：「好妹妹，若論妳，我是不怕的。妳看了，好歹別告訴人去。眞眞這是好文章！妳看了，連飯也不想吃呢。」一面說，一面遞了過去。黛玉把花具且都放下，接書來瞧，從頭看去，越看越愛看，不過一頓飯工夫，將十六齣俱已看完，自覺詞藻警人，餘香滿口。雖看完了書，卻只管出神，心內還默默的記誦。

寶玉笑道：「妹妹，妳說好不好？」黛玉笑道：「果然有趣。」寶玉笑道：「我就是個『多愁多病身』，妳就是那『傾國傾城貌』。」黛玉聽了，不覺帶腮連耳通紅，登時直豎起兩道似蹙非蹙的眉，瞪了兩只似睜非睜的眼，微腮帶怒，薄面含嗔，指寶玉道：「你這該死的胡說！好好的把這淫詞豔曲弄了來，還學了這些混話來欺負我。我告訴舅舅、舅母去。」說到「欺負」兩個字上，早又把眼睛圈兒紅了，轉身就走。寶玉著了忙，向前攔住說道：「好妹妹，千萬饒我這一遭！原是我說錯了。若有心欺負妳，明兒我掉在池子裡，教個癩頭黿呑了去，變個大王八，等妳明兒做了一品夫人、病老歸西的時候，我往妳墳上替妳馱一輩子的碑去。」說得黛玉噗的一聲笑了。一面揉著眼，一面笑道：「一般也唬得這個調兒，還只管胡說。『呸！原來是苗而不秀，是個銀樣蠟槍頭。』」寶玉聽了，笑道：「妳這個呢？我也告訴去。」黛玉笑道：「你說你會過目成誦，難道我就不能一目十行麼？」

寶玉一面收書，一面笑道：「正經快把花埋了罷，別提那個了。」二人便收拾落花，正才掩埋妥協，只見襲人走來，說道：「那哪裡沒找到，摸在這裡來。那邊大老爺身上不好，姑娘們都過去請安，老太太叫打發你去呢。快回去換衣裳去罷！」寶玉聽了，忙拿了書，別了黛玉，同著襲人回房換衣。

這裡黛玉見寶玉去了，又聽見眾姊妹也不在房，自己悶悶的。正欲回房，剛走到梨香院牆角邊，只聽牆內笛韻悠揚，歌聲婉轉。黛玉便知是那十二個女孩子演習戲文呢。

只黛玉素習不大喜看戲文，便不留心，只管往前走。偶然兩句吹到耳內，明明白白，一字不落，唱道是：「原來奼紫嫣紅開遍，似這般都付與斷井頹垣。」黛玉聽了，倒也十分感慨纏綿，便止住步側耳細聽，又聽唱道是：「良辰美景奈何天，賞心樂事誰家院？」聽了這兩句，不覺點頭自嘆，心下自思道：「原來戲上也有好文章。可惜世人只知看戲，未必能領略這其中的趣味。」想畢，又後悔不該胡想，耽誤了聽曲子。又側耳時，只聽唱道：「則爲你如花美眷，似水流年……」林黛玉聽了這兩句，不覺心動神搖。又聽道：「你在幽閨自憐」等句，越發如醉如癡，站立不住，便一蹲身坐在一塊山子石上，細嚼「如花美眷，似水流年」八個字的滋味。忽又想起前日見古人詩中有「水流花謝兩無情」之句，再又有詞中有「流水落花春去也，天上人間」之句，又兼方才所見《西廂記》中「花落水流紅，閑愁萬種」之句，都一時想起來，湊聚在一處。仔細忖度，不覺心痛神癡，眼中落淚。

（四）小結

綜上所述，曹雪芹既未將《牡丹亭》的實際演出景況置放於皇室成員在場的承應戲臺上，亦未使其出現在家班伶人爲主人特別演出的專場中，而是透過至情感性的林黛玉，在《西廂記》的愛情氛圍及葬花後感傷情緒的影響下，在不經意間竟從《牡丹亭》曲文中深切地體會到情愛的甜蜜與心酸。《牡丹亭》使她從不曾留意戲曲到深深迷戀，那是在短時間被文學的感染力所觸動了，以至於如癡如醉又心痛神迷。而她所以能被曲文觸動，其背後的文學涵養，又來自於前文所提及蘇州、揚州一帶名伶透過鹽商排演御覽承應戲的背景。日後在宴請劉姥姥的筵席間，大家以牙牌行酒令時，林黛玉又不經意地說出：「良辰美景奈何天。」這是曹雪芹筆下的餘波盪漾，讓我們知曉當日梨香苑天眞無知的小戲子是如何啓發了林黛玉對於青春年華與人間情愛的深摯體會。循此，我們亦可以體會曹雪芹對《牡丹亭》的極度重視，他自我要求這樣一齣經典之作，絕不可在繁華盛景的大排場中被糟蹋，也不該讓伶人對著情人以外的對象來演唱，那樣是絕對唱不出眞情眞意的。而最適合讓《牡丹亭》出現的場景，是繽紛春天裡女主角同杜麗娘一般體認世間對美好青春被無情踐踏，因而感到分外寂寞淒清之際，讓它透過純眞不體人事的小戲子之口傳遞到林黛玉耳中，引發她的憂思纏綿，這才是曹雪芹對湯顯祖文學思想的掌握、品味與轉化，並且將晚明強調「至情至性」的主情書寫意識推擴上另一座文學高峰，所做出的具體成就。

三、從〈驚夢〉到〈尋夢〉——李香君兩度演唱《牡丹亭》

承上所述，明清之際家庭戲班以崑班為主，並且多有以演出《牡丹亭》而聞名的家班名伶，其演藝之精湛往往在職業戲班之上。例如：萬曆年間有馬湘蘭家班、天啓年間有西園主人家班，至於崇禎年間的阮大鋮家班，便直接與《桃花扇》相關了。當時秦淮河畔，處處梨園弦歌繁華，曲藝之聲終日不絕於耳。余懷所著《板橋雜記》與名畫「南都繁會圖」皆有相關的崑曲演出紀錄。而著名的秦淮八豔也都能彩妝演出全本戲，甚屬風雅。例如：馬湘蘭精通《三生傳玉簪記》，她的子弟亦得眞傳而能演出全本《西廂記》，並非只是唱一兩折戲，可見人才輩出。

繼之而起的陳圓圓更是崑、弋諸腔皆擅，扮相又美！名士鄒樞曾經讚美道：「演西廂，扮貼旦紅娘腳色。體態傾靡，說白便巧，曲盡蕭寺當年情緒。」鈕琇於《觚賸》卷四《燕觚》中亦指出：「有名妓陳圓圓者，容辭閑雅，額秀頤豐，有林下風致。年十八，隸籍梨園。每一登場，花明雪豔，獨出冠時，觀者魂斷。……且嫺崑伎。」秦淮名妓之嫺熟崑曲，便成為孔尚任在《桃花扇》裡描寫李香君向蘇崑生學唱《牡丹亭》的歷史背景。

（一）李香君藉〈驚夢〉展露才華

孔尚任描述李香君自十三歲起，便從蘇崑生學習崑曲，尤其擅唱湯顯祖之「臨川四夢」。余懷《板橋雜記》記錄了實際情況：原來當時秦淮名妓中有李香君、卞玉京、沙才、顧媚、鄭妥娘、頓文、崔嫣然、馬嬌等人都擅長搬演崑曲。於是《桃花扇》第二齣〈傳歌〉便以蘇崑生教秦淮河畔的李香君唱崑曲為背景，讓李香君在楊龍友的面前唱了兩段《牡丹亭‧驚夢》：

（俱坐介）（末）我看香君國色第一，只不知技藝若何？（小旦）一向嬌養慣了，不曾學習。前日才請一位清客，傳他詞曲。（末）是那個？（小旦）就叫甚麼蘇崑生。（末）蘇崑生，本姓周，是河南人，寄居無錫。一向相熟的，果然是個名手。（問介）傳的那套詞曲？（小旦）就是玉茗堂四夢。（末）學會多少了？（小旦）才將《牡丹亭》學了半本。（喚介）孩兒，楊老爺不是外人，取出曲本快快溫習。待妳師父對過，好上新腔。（旦皺眉介）有客在坐，只是學歌怎的。（小旦）好傻話，我們門戶人家，舞袖歌裙，吃飯莊屯。妳不肯學歌，閒著做甚。（旦看曲本介）

【前腔】（小旦）生來粉黛圍，跳入鶯花隊，一串歌喉，是俺金錢地。莫將紅豆輕拋棄，學就曉風殘月墜；緩拍紅牙，奪了宜春翠，門前繫住王孫轡。

（淨扁巾、褶子，扮蘇崑生上）閒來翠館調鸚鵡，懶去朱門看牡丹。在下固始蘇崑生是也，自出阮衙，便投妓院，做這美人的教習，不強似做那義子的幫閒麼。（竟入見介）楊老爺在此，久違了。（末）崑老恭喜，收了一個絕代的門生。（小旦）蘇師父來了，孩兒見禮。（旦拜介）（淨）免勞罷。（問介）昨日學的曲子，可曾記熟了？（旦）記熟了。（淨）趁著楊老爺在坐，隨我對來，好求指示。（末）正要領教。（淨、旦對坐唱介）

〔皂羅袍〕原來奼紫嫣紅開遍，似這般都付與斷井頹垣。良辰美景奈何天，（淨）錯了錯了，美字一板，奈字一板，不可連下去。另來另來！良辰美景奈何天，賞心樂事誰家院。朝飛暮卷，雲霞翠軒；雨絲風片，（淨）又不是了，絲字是務頭，要在嗓子內唱。雨絲風片，煙波畫船，錦屏人忒看得這韶光賤。（淨）妙妙！是的狠了，往下來。

〔好姐姐〕遍青山啼紅了杜鵑，荼縻外煙絲醉軟。牡丹雖好，他春歸怎占得先。（淨）這句略生些，再來一遍。牡丹雖好，他春歸怎占得先。閒凝盼，生生燕語明如翦，嚦嚦鶯聲溜的圓。

（淨）好好！又完一折了。（末對小旦介）可喜令愛聰明的緊，不愁不是一個名妓哩。（向淨介）昨日會著侯司徒的公子侯朝宗，客囊頗富，又有才名，正在這裡物色名姝。崑老知道麼？（淨）他是敝鄉世家，果然大才。（末）這段姻緣，不可錯過的。

此時楊龍友對李香君的評價和期許是：「聰明得緊，不愁不是一個名妓呢。」可知這時候李香君的人生目標在於成爲名妓。而李貞麗也附和：「我們門戶人家，舞袖歌裙，吃飯莊屯，妳不肯學歌，閒著做甚？」因此她對香君的要求便是將戀愛擱一旁，專心於娛樂事業，切莫爲了愛情而放棄前途。所謂：「莫將紅豆輕拋棄」、「門前繫住王孫轡」，以及「一寸歌喉，是俺金錢地」。

然而李香君自己演唱《牡丹亭・驚夢》時，卻是另有一番青春少女渴慕愛情的衷腸，這正是由杜麗娘待字閨中的幽怨情緒過度給了李香君所致。因此這一段〈驚夢〉的演練，在《桃花扇》中乃是「一聲兩歌」之寫。既寫出楊龍友與李貞麗的市儈人生，他們的眼裡只有一位美麗多才的歌妓，並想像出她將來前途可期；與此同時，作者又在這段歌聲裡，道出李香君春心飛懸的愛戀情緒。在香君還未意識生命中有比愛情更重要的價值必須堅守；也在她還沒有經歷國家時局亂離與生活重大變故之際，《牡丹亭》裡杜麗娘藉遊園所隱然浮現對愛情的渴慕，同時也正是李香君當下的心情寫照。即使這時節柳夢梅還未正式登場，而李香君也壓根兒不知道有個侯朝宗。就算沒有男主角，懷春女子依然做著甜甜的美夢。這一場「戲中戲」讓李香君演唱〈驚夢〉，實際上又是為了對照將來她始經喪亂所演唱的〈尋夢〉。

（二）李香君唱〈尋夢〉痛悼愛情

作者寫侯方域的離去，主要是為了見證李香君對於愛情的忠貞。香君在〈傳歌〉中演唱〈驚夢〉之後，到〈選優〉再唱出〈尋夢〉，在兩番唱出《牡丹亭》名曲之間，香君也經歷二度自我覺醒。演唱〈驚夢〉時，她渴望體驗愛情的美好，直待唱出〈尋夢〉之際，那時已是國破家亡、夫妻勞燕分飛，她的生命處境已從濃濃的愛情氛圍中轉移出來，而飽嘗亂離之苦了。

回顧〈眠香〉戲裡，侯方域對李香君贈扇，並且題詩以為定情。這是香君的愛情初體驗。侯郎詩云：「夾道朱樓一徑斜，王孫初遇富平車。青溪盡是辛夷樹，不及東風桃李花。」他以春風桃李來形容香君品貌和才華超脫凡俗。侯方域顯然為李香君所深深吸引，而賦詩的同時，在一旁捧硯的人，正是李香君。卞玉京因此說道：「這個硯兒，倒該借重香君。」而眾人也都稱讚：「好詩，好詩！香君收了。」場面猶如一場莊重的訂婚儀式，香君在眾人的見證與祝福中，收下了將來以血濺收場的這柄詩扇。

這把扇子見證了兩情相悅的幸福時刻，卻也親臨棒打鴛鴦的現場。在〈守樓〉一齣戲中，田仰逼娶李香君，而從中撮合的人卻是楊龍友。香君忍不住取出詩扇來質問楊龍友：「這首定情詩，楊老爺都看過，難道忘了不成？」接著她誓死不下樓，而且持扇亂打，惹得楊龍友驚叫：「好利害，一柄詩扇，倒像一把防身的利劍！」詩扇絕對是不容侵犯的愛情信物，必要時它便化身為武器，守護女主人公的堅貞信念。關鍵時刻還在於血染桃花，香君的血是她強烈情緒的表達，也是她性格的主要面向。加上香君先前「卻奩」的義憤之舉，《桃花扇》眉批指稱她：「巾幗卓識，獨立天壤」，又是「何等胸次」！李香君在不忍之中，明白侯方域必須儘速離開媚香樓之時，眉批又贊其曰：「香君事事英雄」，只是「雖英雄亦未能制眼淚」。

其實，侯、李愛情一直存在著不對等的信念，侯方域梳攏李香君只為暖風薰得遊人醉，惟願沉迷在秦淮名姝的美色之中；然而李香君卻是對於時局及其生命有更大的感悟。這也是為什麼當侯方域和李香君同時知道他們成親的妝奩為楊龍友代阮大鋮所餽贈時，侯方域且沾沾自喜，而李香君卻拔簪脫衣痛罵道：「官人之意，不過因他助俺妝奩，便要徇私廢公，那知道這幾件釵釧衣裙，原放不到我香君眼裡。」李香君要捍衛的不僅僅是自己珍惜守護的神聖愛情，同時她也對時局有明確的掌握，她知道阮大鋮是：「趨附權奸，廉恥喪盡，婦人女子，無不唾罵」的奸徒。

愛情淪為政治手段，已屬可悲，更何況是在世人唾罵的奸黨手中，完成婚姻大事，以香君是非明辨，一絲不苟的性格，如何可能屈從？在「卻奩」當下，香君也許已有些醒悟，只是她也耽溺愛情的幸福，寧願相信侯郎和她具有共同的信念與政治立場。侯方域出走之後，李香君拒媒、守樓，再大的威脅利誘，她始終堅持：「奴便終身守寡，有何難哉？只不嫁人。」她手中的詩扇相對於權奸所許諾的金錢，自有一份無可替代的象徵意義與無上價值。此時詩扇不僅僅代表愛情，更是亡國者的氣節與風骨的化身。香君的道德良心和勇氣飽含忠義與纏綿，這是香君女性英雄性格的具體展現。

同時李香君的性格形象是與外在環境對應中，逐漸變化成熟的，演唱〈驚夢〉時期的她，尚未蛻變為英雄，至〈寄扇〉，香君在楊龍友畫出桃花扇時，頓時體悟到自己的命運：「咳！桃花薄命，扇底飄零。多謝楊老爺替奴寫照了。」劇中李香君唱出【錦上花】：「一朵朵傷情，春風懶笑，一片片消魂，流水愁漂……薄命人寫了一幅桃花照。」則當年侯方域題詩於扇子上，所云：「青溪盡是辛夷樹，東風不及桃李花。」此詩中的桃花是李香君豔麗、青春而多情的寫照，如今藉血染紙扇而繪製折枝桃花，卻道盡了漂泊且命薄的淒涼處境。李香君面對自己命運的感傷情緒，乃透過桃花扇進而自我省察，後文將主述的林黛玉亦藉桃花詩訴說自己的薄命，而桃花扇也猶如《紅樓夢》裡的風月寶鑑，照映出世間美好事物，包含愛情在內，卻都是轉瞬即逝，無可挽留。「桃花扇」在李香君眼中幻化成了女性無奈而又自憐的自我投射，李香君曾對蘇崑生說：「奴的千愁萬苦，俱在扇頭」。蘇崑生願意帶著扇子去找尋侯方域，此時扇上已有詩與畫，意即全劇的主題都在扇子上體現，香君提醒蘇崑生：「揮灑銀毫，舊句他知道，點染紅麼，新畫你收著。便面小，血心腸一萬條；手帕兒包，頭繩兒繞，抵過錦字書多少。」桃花詩扇上實則承載了李香君從甜蜜溫馨到薄命滄桑的全幅心路歷程。

在這段戲文之後，香君更進一步於〈罵筵〉中將其反抗意識發揮到最高潮！由於阮大鋮廣搜秦淮名妓，藉以邀寵於弘光皇帝，為此香君被選入內廷教戲，她拚死痛罵奸臣：「難得他們湊來一處，正好吐俺胸中之氣！」香君以一介青樓女子，卻勇敢地斥責魏黨奸佞淫奢誤國。於是從濺扇一段情節之後，到她正面斥責馬、阮等人。其生命力之強悍與堅韌，又勝於當年「卻奩」。當初她在楊龍友面前嬌羞地演唱〈驚夢〉時，那是藉杜麗娘的情思情曲而懷春，如今她已跨越個人的情愛，面對國仇家恨，沉痛已極！則香君的性格至此已達到完整的形塑。於是在〈選優〉這折戲中，李香君再度演唱《牡丹亭》，則顯示出特殊的人生體會。《尋夢．懶畫眉》一曲凸顯出作者形塑人物的深刻涵義：「爲甚的，玉眞重溯武陵源，也則爲水點花飛在眼前。是他天公不費買花錢，則咱人心上有啼紅怨。咳！辜負了春三二月天。」

《牡丹亭．尋夢》一折是杜麗娘自夢中醒來，發現人生最美的愛情原來只是一場夢，眞實的生活景況乃是無盡的孤獨。她感到「睡起無滋味，茶飯怎生咽？」於是陡然了問春香一句：「妳說爲人在世，怎生叫做喫飯？」小丫鬟回答：「一日三餐。」然而杜麗娘只覺得：「甚甌兒氣力與擎拳？生生的了前件。」待春香離去後，杜麗娘又想起昨日夢境，很希望「舊夢重來」，無奈僅是憑添一段新愁。如此愁腸百結，正是李香君在〈選優〉時，內心乏力與愁苦的寫照。香君自認爲她的人生到頭來算是「辜負了春三二月天」，在【豆葉黃】中有一段對白，說得更清楚：「咳，尋來尋去，都不見了。牡丹亭、芍藥闌，怎生這般淒涼冷落，杳無人跡？好不傷心也！」在【玉交枝】杜麗娘更是淚如雨下：「是這等荒涼地面……明放著白日青天，猛教人抓不到魂夢前。……要再見那書生呵……。」這些唱詞與念白，既是杜麗娘尋蹤柳夢梅的話語，同時也道出了李香君既見不到侯方域，又得獨自一人面對龐大惡勢力，內心孤單幽怨的悲戚之語。她藉由杜麗娘的臺詞，唱出自己的傷心與自憐，在杜麗娘的悵然情緒中，留下自己的滿腹辛酸淚。在【意不盡】裡，李香君更是與杜麗娘的感覺雙雙疊合，同聲唱出：「少不得樓上花枝也則是照獨眠。」

（三）小結

「沒亂裡春情難遣，驀地裡懷人幽怨」，李香君本是妙齡絕色少女，從傷春懷情到飽歷坎坷滄桑，在〈驚夢〉與〈尋夢〉間，從「良辰美景奈何天」到「辜負了春三二月天」，李香君前後兩度演唱《牡丹亭》，最終來到夢醒的邊緣，此刻她早已不是當年那個單純學唱崑曲的平凡歌妓。孔尚任不僅選擇了《牡丹亭》中兩折最著名的戲文來形塑李香君前後對照的心境，同時以點睛的筆法在遙遙呼應的兩折戲之間，徐徐鋪陳並預告女主人公由執迷而逐漸醒悟的全幅心路歷程。

四、曹雪芹對《桃花扇》的不引之引

關於《紅樓夢》與《牡丹亭》的關係，以及《桃花扇》對《牡丹亭》的徵引及轉化，已如前文所述。至於《紅樓夢》與《桃花扇》兩部作品的比較研究，王國維在《紅樓夢評論》第三章〈紅樓夢之美學上之精神〉一文，曾有如下論述：

> 故吾國之文學中，其具厭世解脫之精神者僅有《桃花扇》與《紅樓夢》耳。而《桃花扇》之解脫，非眞解脫也。滄桑之變，目擊之而身歷之，不能自悟而悟於張道士之一言，且以歷數千里冒不測之險投縲紲之中所索女子才得一面，而以道士之言一朝而舍之，自非三尺童子，其誰信之哉？故《桃花扇》之解脫，他律的也；而《紅樓夢》之解脫，自律的也。且《桃花扇》之作者，但借侯李之事以寫故國之戚，而非以描寫人生爲事，故《桃花扇》，政治的也，國民的也，歷史的也；《紅樓夢》，哲學的也，宇宙的也，文學的也。此《紅樓夢》之所以大背於吾國人之精神，而其價值亦即存乎此。

此後，至一九八三年曲沐於〈《紅樓夢》與《桃花扇》〉一文中又指出：「曹雪芹寫作《紅樓夢》時，究竟看沒看過《桃花扇》的劇作和演出？現無資料可以查證。但從《桃花扇》在京師演出時持續四、五年的盛況，『歲無虛日』、『坐不容膝』，而且『王公薦紳，莫不借抄，時有紙貴之勢』，以及在後來廣為流傳的情況，在曹雪芹的青少年時期，對劇作應該是知道的。」繼承上述兩家的說法，本章分別從曹雪芹與孔尚任的身世背景、宦遊行蹤，以及《紅樓夢》與《桃花扇》的文本脈絡等各方面進行分析，進而闡述曹雪芹在《紅樓夢》寫作過程中，與《桃花扇》文本的跨時空對話。

（一）同懷金陵舊夢——文學家的地景書寫

曹雪芹的家族在入關之後，編隸於正白旗包衣直屬貝勒多爾袞。此後曹雪芹的高組曹振彥歷任山西吉州知州、大同府知府，以及兩浙都轉運鹽使等職。順治八年（一六五一年），皇帝將正白旗收歸自己管轄，於是曹家改任內務府包衣，負責宮廷庶務。此時曹雪芹曾祖父曹璽升任內廷二等侍衛，他的妻子孫氏便得到機會擔任康熙帝的乳母，此後曹家受到康熙的榮寵。康熙二年（一六六三年），曹璽任江寧織造，主管皇室御用絲綢，並藉地利向康熙密奏南方各級官吏情報。康熙曾賜曹璽蟒袍，親手題「敬慎」賜予。曹璽過世後追贈工部尚書，康熙約半年後第一次南巡，目的之一便是親自慰問曹家。其後曹雪芹的祖父曹寅歷任蘇州織造、江寧織造及兩淮巡鹽御史。曹寅乃當時著名藏書家、刻書家、美食家，詩詞、戲曲、書法無不精通。曹家至曹寅時期已達於鼎盛，康熙六度南巡，其中四次為曹寅接駕，而曹寅的兩個女兒均被選為王妃。

孔尚任比曹雪芹大六十四歲，是山東曲阜人，孔子的第六十四世孫。早年考取秀才，為避亂隨父石門山中讀書。康熙二十三年（一六八四年），皇帝第一次南巡，因這年六月，曹寅的父親，時任江寧織造的曹璽病逝，「是年冬，天子東巡抵江寧，特遣致祭，又奉旨以長子寅協理江寧織造事務。」當康熙路過曲阜時，便到孔廟祭孔，經人舉薦，由孔尚任至天子面前講經學，因此受到賞識，後被任命為國子監博士。曹家最顯赫的時代，同時也是孔尚任出仕的初期，曹雪芹的身世與孔尚任就此產生了跨越時空的交集。

康熙二十五年（一六八六年），孔尚任隨工部侍郎到淮陽，疏浚黃河入海口，這段期間他結識了許多明代遺民，孔尚任並親至揚州參拜史可法衣冠塚，又前往金陵城，登上燕子磯，遊覽秦淮河，過明故宮，祭拜明孝陵，最後到棲霞山白雲庵拜訪了道士張瑤星。這一段遊蹤，使他更瞭解晚明與南明的歷史，也成為他撰寫《桃花扇》的第一手素材。

七十年後，約乾隆二十四年，曹雪芹重回孔尚任走過的金陵秦淮。《紅樓夢》脂硯齋批語：「缺中秋詩，俟雪芹。」同時曹雪芹好友敦敏、敦誠、張宜泉等人的詩作，也都寫到曹雪芹的江南行。因此時正值《紅樓夢》寫到了成熟的階段，曹雪芹自覺有必要暫時擱筆，去一趟江南，尋訪故舊，一方面汲取寫作材料，同時探詢刊刻書稿的機會。時間點應該是在丁丑年（一七五七年），敦誠於〈寄懷曹雪芹（霑）〉詩中云：「揚州舊夢久已覺……勸君莫彈食客鋏，勸君莫叩富兒門。殘杯冷炙有德色，不如著書黃葉村。」此意乃勸曹雪芹早歸。至庚辰年（一七六〇年），他又對曹雪芹說：「秦淮舊夢人猶在。」次年，亦對曹雪芹寫下：「秦淮風月憶繁華」以及「廢館頹樓憶舊家」等句。可知曹雪芹對其祖曹寅起，擔任江寧織造的繁華歲月，甚爲追戀。

而《紅樓夢》第二回「賈夫人仙逝揚州城，冷子興演說榮國府」也微妙地透露了曹雪芹的江南行。書中寫賈雨村與冷子興敘舊，談起賈家在金陵的老宅，說道：「去歲我到金陵地界，因欲遊覽六朝遺蹟，那日進了石頭城……。」此處《甲戌本》有側批：「點睛神妙」，是作者有意點出重回生身之地踏查的足跡。賈雨村接著說道：「從他老宅門前經過。街東是寧國府，街西是榮國府，二宅相連，竟把大半條街給占了。大門前雖冷落無人……。」此處《甲戌本》又有側批：「好！寫出空宅。」此批文也暗示了曹雪芹重回舊宅瞻望時的荒疏景況。賈雨村繼而描述：「隔著圍牆一望，裡面庭殿樓閣，也還都崢嶸軒峻，就是後一代花園子裡面樹木山石，也還都有蓊蔚茵潤之氣，哪裡像個衰敗之家？」此處畸笏叟留下一段批語：「後字何不用西字？」隨後又云：「恐老先生落淚，故不敢用西字。」如此自問自答，說明曹家在江寧織造府的大花園其實名為「西園」，乃曹雪芹祖父曹寅修建，曹雪芹的叔叔們：曹頫、曹驥、曹順、曹顏等人，少年時都在西園裡生活過。西園裡有楝亭、西堂、西池等建築，曹寅又有「西堂掃花行者」的雅號，於是對於曹家的老人來說，「西」字就是一個令人傷心敏感的字眼，內含著曹家過往的雅盛風華與人事滄桑的悲歡離合。多年後曹雪芹重返金陵城，親撫那已遭關鎖的宅邸大門，定然觸發深切的唏嘘感歎。他透過賈雨村之口說出訪舊追昔的情景，同時也帶出了以諧音賦予文本隱喻寄託的寫作手法，《紅樓夢》開卷第一回「作者自云」即指出：「雖我未學，下筆無文，又何妨用假語村言，敷演出一段故事來，亦可使閨閣昭傳，復可悅世之目，破人愁悶，不亦宜乎？故曰『賈雨村』云云。」

曹雪芹以「假語村言」寄託自家的真實歷史故事，他藉賈雨村的遊歷經驗，來描述自己的出身背景，也在「賈雨村言」的掩護下，透露他回到舊居考察的情況。事實上，當曹雪芹重返江寧織造故宅時，偌大宅邸已改為乾隆皇帝的大行宮。此外，史載曹家於南京還有江寧織造園，地點在現今南京師範大學「隨園」校區及「烏龍潭」公園一帶。據清代袁枚《隨園詩話補遺》卷一云：「余買小倉山廢園，舊為康熙間織造隋公之園，故仍其姓，易隋為隨，取『隨時之義大矣哉』之意。」又〈隨園記〉中也曾記載：「康熙時，織造隋公，當山之北巔，構堂皇，繚垣牖，樹之荻千章，桂千畦，都人游者，翕然盛一時，號曰隋園，因其姓也。」因此，隨園舊主乃康熙年間接任曹頫爲江寧織造的隋赫德。於是「隨園」至「烏龍潭」一帶，可能與江寧織造署相連，也就可能是曹雪芹重返故里蒐集寫作材料所需踏查的地點之一。

而孔尚任當年爲寫《桃花扇》也曾來尋訪烏龍潭一帶。那是在他御前講經之後，得到康熙任命爲國子監博士。第二年便隨工部侍郎孫在豐到了淮揚，他首先考察了史可法孤軍困守，以及江北四鎭互相傾軋的歷史發生地。更重要的是，他主動拜訪曾與侯方域、陳貞慧、方密等同爲「復社四公子」的冒辟疆本人。然後一一尋訪揚州平山堂、天寧寺、梅花嶺，以及史可法的衣冠塚。又在康熙二十八年（一六八九）七月專程前往南京，考察南朝覆亡，以及李香君同復社文士交遊的所在地。孔尚任在這個故事發生的中心點，盤桓了兩個多月，所到之處，包含：南京水西門、朝天宮、莫愁湖、石頭城、雞鳴埭、清涼臺、烏龍潭、長干塔、雨花崗、北極閣、桃葉渡、燕子磯、明故宮、明孝陵、天闕山、獻花岩，並泛舟於秦淮河，最後到棲霞山白雲庵。凡此閱歷均成爲他傳寫《桃花扇》傳奇的重要素材。

曹雪芹與孔尚任在時空交錯中，同往金陵石頭城撫昔懷舊，博採遺聞，訪問故里耆老以增添寫作靈感與素材。於是我們便看到《紅樓夢》的敘事背景與《桃花扇》完全一樣地都設在南京，亦旁及揚州。上述自認得到江寧織造園的袁枚，在〈隨園記〉中亦曾詳細描述金陵城的景致：「金陵自北門橋西行二里，得小倉山。山自清涼胚胎，分兩嶺而下，盡橋而止。蜿蜒狹長，中有清池水田，俗號干河沿，清涼山為南唐避暑所，盛可想也。凡稱金陵之盛者，南曰雨花臺，西南曰莫愁湖，北曰鐘山，東曰冶城，東北曰孝陵，曰雞鳴寺。登上小倉山，諸景隆然上浮。凡江湖之大，雲煙之變，非山之所有者，皆山之所有也。」而這座金陵城的山水勝景與園林文化圈也孕育了《桃花扇》，孔尚任曾將他在旅程中蒐集到的史料寫進《桃花扇》，其中包含了〈隨園記〉中的莫愁湖至冶城一帶。《桃花扇》第二齣〈聽稗〉，故事就從侯方域與諸文士在南京莫愁湖畔及冶城道院，拉開序幕。作者亦因此將南京的地景與風貌賦予愛情旖旎與山河變色等文化意義。

【戀芳春】（生儒扮上）孫楚樓邊，莫愁湖上，又添幾樹垂楊。偏是江山勝處，酒賣斜陽，勾引遊人醉賞，學金粉南朝模樣。暗思想，那些鶯顛燕狂，關甚興亡！

【鷓鴣天】院靜廚寒睡起遲，秣陵人老看花時；城連曉雨枯陵樹，江帶春潮壞殿基。傷往事，寫新詞，客愁鄉夢亂如絲。不知煙水西村舍，燕子今

年宿傍誰？小生姓侯，名方域，表字朝宗，中州歸德人也。夷門譜牒，梁苑冠裳。先祖太常，家父司徒，久樹東林之幟；選詩雲間，徵文白下，新登復社之壇。早歲清詞，吐出班香宋豔；中年浩氣，流成蘇海韓潮。人鄰耀華之宮，偏宜賦酒；家近洛陽之縣，不願栽花。自去年壬午，南闈下第，便僑寓這莫愁湖畔。烽煙未靖，家信難通，不覺又是仲春時候；你看碧草粘天，誰是還鄉之伴；黃塵匝地，獨爲避亂之人。（歎介）莫愁，莫愁！教俺怎生不愁也！幸喜社友陳定生、吳次尾，寓在蔡益所書坊，時常往來，頗不寂寞。今日約到冶城道院，同看梅花，須索早去。

文中提及復社公子侯方域等人歡喜造訪的「蔡益所書坊」，乃是當時藏書最多、規模最大的書鋪，無怪乎文士們一來到南京，便首先造訪。《桃花扇》第二十九齣〈逮社〉對南京蔡益所書坊有更詳細的鋪陳：

【鳳凰閣】（丑扮書客蔡益所上）**堂名二酉，萬卷牙籤求售。何物充棟汗車牛，混了書香銅臭。賈儒商秀，怕遇著秦皇大搜。**

在下金陵三山街書客蔡益所的便是。天下書籍之富，無過俺金陵；這金陵書鋪之多，無過俺三山街；這三山街書客之大，無過俺蔡益所。（指介）你看十三經、廿一史、九流三教、諸子百家、腐爛時文、新奇小說，上下充箱盈架，高低列肆連樓。不但興南販北，積古堆今，而且嚴批妙選，精刻善印。俺蔡益所既射了貿易詩書之利，又收了流傳文字之功；憑他進士舉人，見俺作揖拱手，好不體面。（笑介）今乃乙酉鄉試之年，大布恩綸，開科取士。准了禮部尚書錢謙益的條陳，要亟正文體，以光新治。俺小店乃坊間首領，只得聘請幾家名手，另選新篇。今日正在裡邊刪改批評，待俺早些貼起封面來。（貼介）風氣隨名手，文章中試官。（下）（生、淨背行囊上）「天下書籍之富，無過俺金陵；這金陵書鋪之多，無過俺三山街；這三山街書客之大，無過俺蔡益所。」

如今蔡益所書坊在南京秣陵路二十一號民國建築四號樓之二樓南書房。這裡的書籍的分類方式充分顯示書店主人的特殊喜好與思維，事實上，此處也是南京現代第一家二十四小時公共書店，自明清以降，一直是學者與文學同好者最歡迎的書店之一。

《桃花扇》開場的景點，除了蔡益所書坊之外，還有著名的南京市鼓樓區冶城山。「冶城」得名於吳王夫差冶鑄的作坊。另一說法是，孫權「徙縣治空城而置冶耳」之意。至明代，此處曾爲朝廷舉行盛典，包含文武官員演習朝見天子的彩排地點，後又作爲文廟、江寧府學，以及民國時期考試院。是現今保存最完善的明清官式古建築群，現爲南京市博物館。

至於曹雪芹重返南京尋找寫作材料時，曾擔任兩江總督尹繼善的幕賓，其用意很清楚，因爲兩江總督府正坐落於當年曹家的江寧織造府，同時尹繼善也是當年曹府舊交，而此時曹雪芹以南京爲背景，寫作《石頭記》已歷「批閱十載，增刪五次」。以他敏感於周遭環境的文人性格，以及當時人到中年貧病潦落的景況，再回首年少紈絝時代的歡笑歲月，恐怕有恍如夢境之慨。而曹雪芹對自我身世所抒發的感傷情緒，又多數是鋪陳在林黛玉身上，以林黛玉滿懷身世之慨的淚水來洗滌自己內心的傷痛。《紅樓夢》第三十四回，賈寶玉遭父親一頓痛打，卻是林黛玉哭得眼腫不能見人，寶玉情知黛玉憂愁難以排解，因差晴雯送兩條半新不舊的絹子到瀟湘館，林黛玉遂有《題帕三絕》其一：

眼空蓄淚淚空垂，暗灑閒拋卻爲誰？
尺幅鮫綃勞解贈，教人焉得不傷悲。

然而這首詩卻非常地像《桃花扇》中李香君對侯方域的〈訣別口占〉：

眼空蓄淚淚空流，苦苦相思卻爲誰？
自詡豪情今變節，轉眼無目更添悲。

此處有顯現曹雪芹著《紅樓夢》，與孔尚任的《桃花扇》至少在修辭上具有絲絲縷縷細節上的關聯。事實上《桃花扇》與《紅樓夢》的作者與南京地域考察及文本生成的關聯，還可追溯至《牡丹亭》的作者湯顯祖。湯顯祖在萬曆十一年登科進士後，因不肯趨附首輔，因而僅能在南京任虛職。也因此使得他在這段期間得以與東林黨人交往，並於萬曆十九年撰寫〈論輔臣科臣疏〉，用以揭發時弊，針砭朝政。

湯顯祖在南京時，初任太常寺博士，後遷詹事府主簿，又升南京禮部祠祭司主事。因爲都是閒職，故而常常閉門不出，讀書破萬卷，吟誦聲不絕，自稱：「吾讀吾書，不問博士與不博士也。」讀書之餘，他也走訪了南京燕子磯、莫愁湖、明孝陵、雨花臺、桃葉渡等佳勝景緻。此時期，他的思想境界漸次開展，能洞察現實人生的同時，文章也更加瀟灑而富於韻致。在這段時期，他也曾經住在天妃宮、天界寺等處，從事讀經、解經與講經等課題，同時保持潔身自好的秉性，絕不攀附權貴。事實上，在明代，自明成祖遷都北京，南京即成爲不受重用的官員棲身之所。同時也就成爲清議朝政的輿論中心。而湯顯祖居南京時期，曾寄情於山水，頗有道家情懷；又不願趨附官場，以保留儒者氣節；同時入佛寺潛修，因此其著述徘徊於儒、釋、道之間，最終以情解悟，著作戲曲帶給人心潛移默化的影響，這一切亦都與南京的人文風土不可分割。

（二）桃花的文學意象——林黛玉與李香君／曹雪芹與孔尚任

《紅樓夢》第七十回「林黛玉重建桃花社」，寶玉來到瀟湘館，見黛玉、寶釵、湘雲、寶琴、探春都在那裡，手裡拿著一篇詩看。見他來時，都笑道：「這會子還不起來，咱們的詩社散了一年，也沒有一個人作興作興。如今正是初春時節，萬物更新，正該鼓舞另立起來才好。」湘雲笑道：「一起詩社時是秋天，就不發達。如今恰好萬物逢春，咱們重新整理起這個社來，自然要有生趣了。況這首『桃花詩』又好，就把海棠社改做桃花社，豈不大妙呢？」寶玉聽著點頭，說：「很好。」且忙著要詩看。眾人都又說：「咱們此時就訪稻香老農去，大家議定好起社。」說著，一齊站起來，都往稻香村來。寶玉一壁走，一壁看林黛玉寫的〈桃花行〉：

桃花簾外東風軟，桃花簾內晨妝懶。簾外桃花簾內人，人與桃花隔不遠。
東風有意揭簾櫳，花欲窺人簾不卷。桃花簾外開仍舊，簾中人比桃花瘦。
花解憐人花也愁，隔簾消息風吹透。風透湘簾花滿庭，庭前春色倍傷情。
閑苔院落門空掩，斜日欄杆人自憑。憑欄人向東風泣，茜裙偷傍桃花立。
桃花桃葉亂紛紛，花綻新紅葉凝碧。霧裹煙封一萬株，烘樓照壁紅模糊。
天機燒破鴛鴦錦，春酣欲醒移珊枕。侍女金盆進水來，香泉影蘸胭脂冷。
胭脂鮮豔何相類，花之顏色人之淚；若將人淚比桃花，淚自長流花自媚。
淚眼觀花淚易乾，淚乾春盡花憔悴。憔悴花遮憔悴人，花飛人倦易黃昏。
一聲杜宇春歸盡，寂寞簾櫳空月痕！

人與桃花以簾櫳香隔，咫尺天涯。桃花想探視簾內人，簾內人也希望窺見桃花，卻無奈「東風無力吹簾櫳，簾內簾外不相逢。」這是林黛玉藉〈桃花行〉暗喻寶、黛戀愛淹蹇之情。寶玉和黛玉如同桃花與人隔簾而不得親近。最終只能落得杜鵑啼血，憔悴花遮憔悴人。林黛玉在春天藉豔麗嫵媚的桃花寫下了內心無限寂寞難訴的衷腸。如此悲切的氣氛，如同一首預示未來的告別詩。賈寶玉因爲懂得林黛玉的心情，因此掉下淚來。

回顧《桃花扇》第二十八齣〈題畫〉，作者寫畫士藍瑛應楊龍友之邀，到南京媚香樓尋訪李香君，沒想到香君已被強行選入宮中，而偏巧遇到回來找尋李香君的侯方域。兩人共看扇上的桃花，爲香君的點點血淚，感傷不盡！而此時，畫桃花的楊龍友也來到媚香樓，形成文人以詩畫品賞「桃花」的另類風情，又與故事開端，香君與侯郎相遇在春光明媚爛漫時節的眞實桃花相映對照，如今香君已渺，徒留扇上的血濺桃花，凸顯今昔差距，而使人引發巨大感嘆！

【傾盃序】尋遍，立東風漸午天，那一去人難見。（瞧介）**看紙破窗櫺，紗裂簾幔。裹殘羅帕，戴過花鈿，舊笙簫無一件。紅鴛衾盡捲，翠菱花放扁，鎖寒煙，好花枝不照麗人眠。**

想起小生定情之日，桃花盛開，映著簇新新一座妝樓；不料美人一去，零落至此。今日小生重來，又值桃花盛開，對景觸情，怎能忍住一雙眼淚。（掩淚坐介）

【玉芙蓉】春風上巳天，桃瓣輕如翦，正飛綿作雪，落紅成霰。不免取開畫扇，對著桃花賞玩一番。（取扇看介）**濺血點作桃花扇，比著枝頭分外**

鮮。這都是爲著小生來。攜上妝樓展，對遺跡宛然，爲桃花結下了死生冤。

（小生）請教這扇上桃花，何人所畫？（生）就是貴東楊龍友的點染。

（小生）爲何對之揮淚？（生）此扇乃小生與香君訂盟之物。

【山桃紅】那香君呵！手捧著紅絲硯，花燭下索詩篇。（指介）一行行寫下鴛鴦券。不到一月，小生避禍遠去，香君閉門守志，不肯見客，惹惱了幾個權貴。放一群吠神仙朱門犬。那時硬搶香君下樓，香君著急，把花容呵，似鵑血亂灑啼紅怨。這柄詩扇恰在手中，竟爲濺血點壞。（小生）可惜可惜！（生）後來楊龍友添上梗葉，竟成了幾筆折枝桃花。（拍扇介）這桃花扇在，那人阻春煙。

文中的「媚香樓」，今稱李香君故居。在南京秦淮河畔來燕橋南端夫子廟鈔庫街三十八號，爲兩層樓三進兩院式明清河房磚木建築，一九二四年鈔庫街出土「媚香樓」的門匾。上述第二十八齣，畫士藍瑛事實上是想借媚香樓幽靜處來作畫，以償畫債。那索畫之人，正是孔尚任在南京拜訪過的對象張瑤星。他爲此寫下〈白雲庵訪張瑤星道士〉：

淙淙歷冷泉，亂石路頻轉。久之見白雲，雲中吠黃犬。
籬門呼始開，此時主人膳。我入拜其床，倒屣意頗善。
著書充屋梁，欲讀從何展。數語發精微，所得已不淺。
先生憂世腸，意不在經典。埋名深山巔，窮餓極淹蹇。
每夜哭風雷，鬼出神爲顯。說向有心人，涕淚胡能免。

這位「大錦衣張瑤星先生」此時因新修松風閣，需要裱畫做照屏，爲此向藍瑛索畫。藍瑛畫成之後，又請侯方域題詠，侯方域遂以「桃花源」入詩，因此可以想見藍瑛畫作中亦有桃花。

（生贊介）妙妙！位置點染，別開生面，全非金陵舊派。（小生作畫完介）見笑，見笑！就求題詠幾句，爲拙畫生色如何？（生）不怕寫壞，小生就獻醜了。（題介）原是看花洞裡人，重來那得便迷津，漁郎誑指空山路，留取桃源自避秦。歸德侯方域題。（末讀介）佳句。寄意深遠，似有微怪小弟之意。（生）豈敢！（指畫介）

【鮑老催】 這流水溪堪羨，落紅英千千片。抹雲煙，綠樹濃，青峰遠。仍

是春風舊境不曾變，沒個人兒將咱繫戀。是一座空桃源，趁著未斜陽將棹轉。

最後藍瑛勸侯方域離開媚香樓，以免遭到荼毒。實則他們二人共同創作的詩畫中已透顯出「桃花」在這部劇作中的第三層涵義——出世避亂。而侯方域離去前曾指稱媚香樓爲「紅樓」，此處或許也曾影響曹雪芹的創作：

【尾聲】熱心腸早把冰雪嚥，活冤業現擺著麒麟楦。（收扇介）俺且抱著扇上桃花閒過遣。

（竟下介）（末）我們別過藍兄，一同出去罷。（生）正是忘了作別。（作別介）請了！（小生先閉門下）（生、末同行介）

（生）**重到紅樓意惘然，**

（末）**閒評詩畫晚春天，**

（生）**美人公子飄零盡，**

（末）**一樹桃花似往年。**

《桃花扇》裡的「一樹桃花」，從春天侯、李相遇時開花，當時侯郎曾詩云：「夾道朱樓一徑斜，王孫初遇富平車。青溪盡是辛夷樹，不及東風桃李花。」他以春風桃李來形容香君品貌和才華超脫凡俗。此後一柄詩扇成爲不容侵犯的愛情信物，必要時它也曾變化爲防身武器，守護女主人公的堅貞信念。關鍵時刻還在於血染桃花，香君的血是她強烈情緒的表達，也是她性格的主要面向。此詩中的桃花是李香君豔麗、青春而多情的寫照，而後藉血染紙扇而繪製折枝桃花，卻道盡了漂泊且薄命的淒涼處境。李香君面對自己命運的感傷情緒，乃是透過桃花扇進而自我省察，而春天明媚朵朵鮮妍的桃花，最終只落成扇面血痕與畫作上藉桃花抒發避秦的亂世悲音。則孔尚任以將桃花鋪寫成：愛情、抗爭與出世，三大文學意象，從侯、李甜蜜的初戀，到李香君卻奩、拒媒、守樓、罵筵等一連串激烈的反抗，最終兩人雙雙脫離亂世，走上修道之路。此間，張瑤星扮演重要的引渡角色。他與前文提到蔡益所書坊的主人，以及畫家藍瑛一同出了家，《桃花扇》第四十齣〈入道〉：

【南點絳唇】（外扮張薇瓢冠衲衣，持拂上）世態紛紜，半生塵裡朱顏老；拂衣不早，看罷傀儡鬧。慟哭窮途，又發鬨堂笑。都休了，玉壺瓊島，萬古愁人少。

貧道張瑤星，掛冠歸山，便住這白雲庵裡。修仙有分，涉世無緣。且喜書客蔡益所隨俺出家，又載來五車經史。那山人藍田叔也來皈依，替我畫了四壁蓬瀛。這荒山之上，既可讀書，又可臥遊，從此飛昇屍解，亦不算懵懂神仙矣。只有崇禎先帝，深恩未報，還是平生一件缺事。今乃乙酉年七月十五日，廣延道眾，大建經壇，要與先帝修齋追薦；恰好南京一個老贊禮，約些村中父老，也來搭醮。不免喚出弟子，趁早鋪設。（喚介）徒弟何在？（丑扮蔡益所，小生扮藍田叔道裝上）塵中辭俗客，雲裡會仙官。（見介）弟子蔡益所、藍田叔，稽首了。（拜介）（外）爾等率領道眾，照依黃籙科儀，早鋪壇場；待俺沐浴更衣，虔心拜請。正是：清齋朝帝座，直道在人心。（下）（丑、小生鋪設三壇，供香花茶果，立旛掛榜介）

《紅樓夢》與《桃花扇》都藉「桃花」意象，暗喻愛情與人生道路的坎坷艱辛，同時兩位女主角以桃花述其薄命，這也是兩部作品精神上相連之處。同時孔尚任與曹雪芹的潦倒不振，又都與他們創作《紅樓夢》、《桃花扇》有著密切的關係。

（三）小結

《桃花扇》的問世，立即引起轟動，「長安（喻指京師）之演《桃花扇》者，歲無虛日。」江蘇巡撫宋犖詩贊：「新詞不讓《長生殿》，幽韻全分玉茗堂」，可知當時《桃花扇》的演出盛況，已越過《長生殿》和《牡丹亭》。《桃花扇》或因而引發康熙的關注，因此在「已卯（康熙三十八年，一六九九年）秋夕，內侍索《桃花扇》本甚急，予之繕本莫知流傳何所，乃於張平州中丞家，覓得一本，午夜進之直邸，遂入內府。」不久，孔尚任在戶部廣東司員外郎任上被罷官。雖然未曾明確指出孔尚的過錯，然一般人相信此與《桃花扇》有關。之後孔尚任京回到曲阜：「揮淚酬知己，歌騷問上天，眞嫌芳草移，未信美人妍。」「詩人不是無情客，戀闕懷鄉一例心。」詩作顯示他複雜的心情。

至於曹雪芹的家族，是在雍正六年（一七二八年）元宵節前曹家獲罪抄家，曹頫以「行爲不端」、「騷擾驛站」、「虧空」等罪名革職下獄，「枷號」一年有餘。曹家所有家產奴僕都賞與新任江寧織造隋赫德，而新織造憐憫曹家，便將京師順天府房產十七間（今崇文門外蒜市口曹雪芹故居），以及三對家僕保留給曹寅之妻以供生活所需。曹雪芹隨家人返京。曹家此後衰微不振。曹雪芹晚年移居北京西郊，生活潦倒不堪！「舉家食粥酒常賒」（敦誠〈贈曹芹圃〉），他寫下「字字看來皆是血，十年辛苦不尋常」的《紅樓夢》，爲此書耗費其畢生心血，最終貧病「淚盡而逝」。孔尚任也與曹雪芹一般執著於創作，爲官十六年間不斷地搜集資料，數易其稿，成就了感嘆興亡的《桃花扇》。而他本人也因爲《桃花扇》的問世因而結束了政治生涯。曹雪芹與孔尚任同樣傲骨錚錚，並鍾情於追憶往昔的歷史題材書寫，將有涯之生奉獻給小說與戲曲創作，竟至潦倒以終。

五、金粉飄零在南京

孔尚任與曹雪芹均將《牡丹亭》曲文植入其作，分別爲《桃花扇》與《紅樓夢》增添文本意涵，同時也延續了《牡丹亭》的主情傳統。關於曹雪芹對《桃花扇》的態度，我們可考察的史料包含曹寅及李煦家族與《桃花扇》相關的文獻紀錄。首先是曹寅門下幕僚金埴曾爲《桃花扇》題詞。金埴同時是洪昇與孔尚任的好友，對於馳名天下的「南洪北孔」，金埴曾作絕句云：「兩家樂府盛康熙，進御均叨天子知。縱使元人多院本，勾欄爭唱孔洪詞。」這是記錄了當時內廷民間爭唱《長生殿》與《桃花扇》的盛況。而曹雪芹的舅祖李煦之子李鼎也串演過《長生殿》，並曾請蘇州梨園排演蘇昆《桃花扇》，以饗士林。則曹雪芹曾隨曾祖母看望舅祖李煦，也許因而親睹

《長生殿》與《桃花扇》的演出。

就文學主題而言，《桃花扇》結尾處所引〈哀江南〉：「眼看他起朱樓，眼看他宴賓客，眼看他樓塌了。」對《紅樓夢》而言，也是貼切的概括。《紅樓夢》第一回即出現〈好了歌〉：

世人都曉神仙好，唯有功名忘不了，古今將相在何方，荒塚一堆草沒了。
世人都曉神仙好，只有金銀忘不了，終朝只恨聚無多，及到多時眼閉了。
世人都曉神仙好，只有嬌妻忘不了，君生日日說恩情，君死又隨人去了。
世人都曉神仙好，只有兒孫忘不了，癡心父母古來多，孝順兒孫誰見了。

與《桃花扇》第四十齣〈入道〉中張道士點醒侯、李二人的話，又可互爲詮註：

呵呸！兩個癡蟲，你看國在哪裡？家在哪裡？君在哪裡？父在哪裡？偏是這點花月情根，割他不斷嗎？

則《紅樓夢》與《桃花扇》兩部作品都以六朝金粉飄零的南京敘寫家亡人散的故事，以寄託人世間興亡離合的平生之慨。與《紅樓夢》八十回後補續問題息息相關的高鶚，也曾過訪南京，因感於孔尚任著《桃花扇》，故題詩〈題雲亭山人傳奇〉：

金粉飄零舊夢休，淒涼往事付歌喉。千秋仁女秦淮渡，萬里風雲鄂渚秋。
表聖無因還故里，進明可許濟同舟。牡丹一曲芳塵歇，建業城空水自流。
上游已領重兵屯，空著麻衣哭至尊。局外悉心殘劫尾，枕中噩夢古槐根。
蟲沙四鎮爭擐甲，淚血孤臣枉叫閽。戎馬書生歸去後，大江誰與更招魂。
九廟塵飛痛落何，風流天子忘山河。勢餘狗尾垂將盡，官比羊頭濫更多。
度曲尚頌江令筆，回天誰奮魯陽戈。可憐三百年宗社，輕逐煙花付逝波。

「金粉飄零舊夢休，淒涼往事付歌喉」、「牡丹一曲芳塵歇，建業城空水自流」，高鶚對於南京秦淮舊夢的感慨，與對《牡丹亭》戲曲的追憶，可知他也將《紅樓夢》、《牡丹亭》、《桃花扇》等三部作品歸納在同一文學文化場域，彼此水乳交融，既有傳承的關係，又可使讀者在後起文本中一再見到互文性的頻頻開展。可知作家們能夠透視時間，亦即面對過去的時間，既覺察於它已逝去，又感觸到它的影響至今猶存，並在此歷史覺醒下，將《牡丹亭》、《桃花扇》與《紅樓夢》綰合在一個超越時間的整體之中。

再回顧王國維將《桃花扇》與《紅樓夢》並舉，得到結論爲：因《紅樓夢》「大背於吾國之精神，而其價值亦即存乎此。」其實有悖於國人樂天觀念的「厭世」與「解脫」思想，同時存在於《桃》、《紅》二書，是故兩位作家的思維脈絡，還可以從傳承與貫連性予以進一步討論。王國維的老師叔本華曾說：「有才賦或優秀的人，對於人的世界都有一種類似的反感。」尤其是人到中年以後，孔尚任與曹雪芹在累積了一定的寫作基礎之後，思想也隨之昇華，對於世俗的樂天主義，以及政治上的無理壓制，更是產生消極、無奈的反制心態。我們從兩部作品的女主角李香君與林黛玉身上，都能看到當外在壓迫力量過於強大時，李香君選擇遁入杜麗娘的〈尋夢〉世界，連擎甌吃飯的力氣也無，以訴說她的無力感。而林黛玉自從在傻大姐處聽聞寶玉和寶釵即將成婚的消息後，她更直接地選擇了以絕粒、棄世，來表達她無力的控訴。李香君與林黛玉無疑都是孔尚任與曹雪芹的自剖。事實上，叔本華亦曾提及：「過了四十歲之後，一個人有了最微小的心智力量，那麼他幾乎一定會顯露些微的厭世傾向。」……至於《桃》、《紅》二書同爲中國極少數的悲劇之作，王國維的說法亦源於叔本華的觀點：「造成巨大不幸的原因可以是劇中人異乎尋常的，發揮盡致的惡毒，這時，這角色就是肇禍人。……造成不幸的還可以是盲目的命運，也即是偶然和錯誤。……最後，不幸也可以僅僅是由於劇中人彼此的地位不同，由於他們的關係造成的。」於是，在道德情境中表現得普普通通的人，如果將他們的地位互換，則他們仍會囿於自己的地位所迫，而互相給對方帶來災害。這第三類的災害，並不是異常人或意外情況帶來的特殊災禍，反而是人性中自然而然產生的東西。即使角色異地而處，結果還是一樣。叔本華和王國維都非常正視這第三類的悲劇。它潛存於我們的性格與行爲中，是必然發生的趨勢。既然悲劇爲人性所使然，則尋求解脫也無可避免地會通過自身體悟而來。這就形成侯、李出家，與寶玉飄然出塵、黛玉魂歸離恨天，兩者的巨大差異所在。《桃花扇》敘述主角通過他律而豁然解脫，在敘事語境上不甚連貫，以抒情面向觀之，情緒也有所斷裂；而《紅樓夢》的悲劇既來源於主角本身得性格，則解脫之道亦源於自律，其結局的宛然流暢，便在情理之中了。

筆記頁

筆記頁

筆記頁

國家圖書館出版品預行編目資料

浪漫文學：紅樓夢與四大崑劇／朱嘉雯著.
—— 初版. —— 臺北市：五南圖書出版股份有限公司, 2021.12
面； 公分
ISBN 978-626-317-406-1（平裝）

1.紅學 2.文學美學 3.研究考訂 4.崑劇

857.49 110019510

1XLH

【朱嘉雯經典小說思辨課２】

浪漫文學：紅樓夢與四大崑劇

作　　者 — 朱嘉雯（34.6）
發 行 人 — 楊榮川
總 經 理 — 楊士清
總 編 輯 — 楊秀麗
副總編輯 — 黃文瓊
責任編輯 — 吳雨潔
封面設計 — 姚孝慈
美術設計 — 姚孝慈
出 版 者 — 五南圖書出版股份有限公司
地　　址：106台北市大安區和平東路二段339號4樓
電　　話：(02)2705-5066　　傳　　真：(02)2706-6100
網　　址：https://www.wunan.com.tw
電子郵件：wunan@wunan.com.tw
劃撥帳號：01068953
戶　　名：五南圖書出版股份有限公司

法律顧問　林勝安律師事務所　林勝安律師

出版日期　2021年12月初版一刷
定　　價　新臺幣320元